Pecados olvidados

Robyn Donald

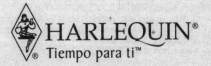

HARLEQUIN®
Tiempo para ti™

NOVELAS CON CORAZÓN

Editado por HARLEQUIN IBÉRICA, S.A.
Hermosilla, 21
28001 Madrid

I.S.B.N.: 84-396-9818-6
Depósito legal: B-27515-2002
Editor responsable: M. T. Villar
Diseño cubierta: María J. Velasco Juez
Composición: M.T., S.L.
Avda. Filipinas, 48. 28003 Madrid
Fotomecánica: PREIMPRESIÓN 2000
c/. Matilde Hernández, 34. 28019 Madrid
Impresión y encuadernación: LITOGRAFÍA ROSÉS, S.A.
c/. Energía, 11. 08850 Gavá (Barcelona)
Fecha impresion para Argentina:19.1.03
Distribuidor exclusivo para España: LOGISTA
Distribuidor para México: PUBLICACIONES SAYROLS, S.A. DE C.V.
Distribuidores para Argentina: interior, BERTRAN, S.A.C. Vélez
Sársfield, 1950. Cap. Fed./ Buenos Aires y Gran Buenos Aires,
VACCARO SÁNCHEZ y Cía, S.A.
Distribuidor para Chile: DISTRIBUIDORA ALFA, S.A.

Capítulo 1

JAKE vio a Aline Connor en cuanto entró en el salón. El deseo y una súbita ola de calor lo golpearon y estuvieron a punto de provocar que perdiera su casi abrumador autocontrol.

Pensó que aquella mujer lo había hechizado. La semana había sido terrible y había culminado con el retraso y las turbulencias del vuelo de la noche anterior de Canadá a Nueva Zelanda, pero una simple mirada le había bastado para comprender que habría sido capaz de viajar diez veces más lejos con tal de verla.

Lauren Penn, que había llegado a la vieja mansión de estilo victoriano al mismo tiempo que él, comentó:

—Ahí está la invitada de honor. Es encantadora, ¿no te parece? Se portó muy bien en la iglesia. No hizo el menor sonido cuando el cura la bautizó. Creo que ha heredado la confianza en sí mismo de Keir. Es una niña muy afortunada.

El tono de su voz llamó la atención de Jake. Al llegar a la casa, Lauren le sonrió y se frotó contra él bajo el umbral de la entrada aprovechando como excusa el escaso espacio. Llevaba un perfume que resultaba muy erótico, pero ni eso ni la rápida fricción de piel contra piel afectaron al hombre.

Se había vuelto bastante escéptico desde que comenzara a aparecer en las listas no escritas de solteros cotizados. Las mujeres cuya máxima ambición en la vida era casarse con alguien, y sobre todo con alguien rico, lo habían convertido en su objetivo. Algunas habían despertado su interés, pero no se parecía nada al intenso y animal deseo que sentía cuando miraba a Aline, o cuando pensaba en ella, o cuando la escuchaba, o cuando la tocaba.

Nuevamente se dijo que lo había hechizado, que era víctima de un sortilegio de una bruja de pelo negro y ojos azules de voz sensual y piel tan clara y delicada que se preguntó si no quedaría llena de marcas después de hacer el amor.

Jake sonrió con ironía. A pesar del evidente esfuerzo de Aline por no mostrar reacción alguna ante su presencia, notó que la había afectado. Pero fue una respuesta involuntaria que desapareció enseguida y que, en cualquier caso, no parecía ni mucho menos tan fuerte como la profunda necesidad que lo embargaba a él.

La actitud de Aline no era nada personal; se comportaba así con todo el mundo. Lauren Penn mostraba más simpatía en una sola sonrisa que Aline en todo su cuerpo. Pero había bastado una mirada para que el deseo consumiera a Jake. No era algo lógico, ni racional, y lo molestaba; hasta entonces, siempre había sido capaz de controlar sus pasiones.

—Parecen muy felices, ¿no crees? —continuó Lauren—. Aline con la pequeña Emma y Hope sentada a su lado. Hope es muy posesiva, así que no creo que esos rumores sobre la aventura entre Aline y Keir sean ciertos.

No era la primera vez que Jake oía algo sobre la supuesta aventura. En general lo molestaba, pero en aquel momento lo puso furioso. Le gustaba Lauren, pero habría realizado algún comentario cortante de no ser porque tenía la impresión de que estaba pasando algo que no sabía. Algo relacionado con Aline. Y todo lo relacionado con ella estaba relacionado con él.

–Aline es perfectamente capaz de cambiar pasión por amistad si pudiera sacar algo de ello, pero no creo que Hope fuera capaz de ser amiga de una ex amante de Keir –añadió Lauren.

Una de las razones por las que Jake encontraba tan molesta la insinuación era que sospechaba que había algo de cierto en ella. Notaba cierta tensión entre Keir Carmichael y su alta y exquisita ejecutiva, pero si en el pasado habían mantenido alguna relación, estaba seguro de que Keir ya no estaba interesado en Aline. A pesar de su expresión inescrutable, era evidente que estaba enamorado de su esposa. Pero, en cualquier caso, no le importaba. Si Carmichael estaba realmente interesado en Aline, tendría que enfrentarse con él.

–¿Champán? –preguntó un camarero, en aquel instante.

–Oh, sí, muchas gracias –respondió Lauren–. Un detalle perfecto para un día precioso. Me encanta la primavera. Hace que nos sintamos más vivos, ¿no te parece?

Jake también tomó una copa de champán. Acompañó a Lauren, que se unió a otros invitados, sin prestar demasiada atención a lo que decía. Y en determinado momento volvió a enfadarse otra vez consigo mismo por mirar a la mujer que deseaba.

Sentada en un sofá, Aline Connor sonreía al bebé que tenía entre sus brazos. Durante los dos últimos meses había estado negociando con él en nombre del banco de Keir Carmichael, y había mostrado tal inteligencia y tal disciplina que había estado a punto de convencer a Jake de su indiferencia hacia él.

A su lado estaba Hope, la esposa de Keir y madre del bebé. En aquel momento dijo algo y las dos mujeres rieron.

–Me sorprende que Emma esté tan contenta en brazos de Aline –dijo Lauren–. Sé que a Aline no le gustan los niños. Se negó a tenerlos cuando estaba casada con Mike, y me consta que él lo deseaba.

Jake arqueó una ceja y la miró con frialdad.

–No sabía que los conocieras tan bien –dijo.

–Aline y yo estudiamos juntas en el colegio –declaró Lauren–. Era la típica empollona que siempre sacaba muy buenas notas. En cambio, yo era el payaso de la clase y ella me odiaba. No la culpo. Los niños son muy crueles y además fuimos injustos con ella... Pero eso fue hace veinte años, cuando solo éramos unas niñas.

–¿También fuiste al colegio con su marido?

Lauren tomó un poco de champán y negó con la cabeza.

—No, es tres años mayor que yo y estudiaba en otro colegio. Su muerte fue una tragedia para todos. Admiro a Aline. No derramó una sola lágrima en el entierro, a pesar de que debió de ser muy duro para ella.

—Tengo entendido que mantuvieron una relación muy intensa.

Por un momento, los ojos de Lauren mostraron un brillo de malicia y de amargura, pero desapareció enseguida.

—Eso dicen. Por eso me resulta difícil de creer que se convirtiera en amante de Keir cuando Mike acababa de morir. No encajaría muy bien con la imagen de viuda desconsolada. Aunque Mike...

—¿Sí?

Lauren sonrió.

—No es nada importante —continuó—. Digamos que algunos hombres no se divierten mucho cuando están casados con témpanos de hielo. Oh, acabo de ver a alguien a quien quería saludar... Te veré luego, Jake.

Lauren se alejó tan deprisa como si su marcha fuera en realidad una huida. Jake observó que se abrazaba a Tony Hudson, un famoso ex atleta que ahora trabajaba con niños con problemas. Precisamente por eso, Michael Connor lo había nombrado fideicomisario de su fondo para obras de caridad.

Jake tomó un poco del excelente champán y se maldijo por sentirse tan atraído por Aline Connor. Además, sabía que ella también se sentía atraída por él, pero intentó tranquilizarse pensando que habían cerrado el acuerdo la semana anterior y que a partir de ese momento se verían como hombre y como mujer, no como socios en un negocio.

En aquel instante, Keir se acercó a él.

—Me alegra que hayas venido, Jake.

Jake estrechó su mano.

—Tu hija es maravillosa. No podía perderme su bautizo.

Aline notó que Jake había llegado a la mansión antes de verlo. Su presencia cargaba el ambiente y, aunque había intentado no mirar, echó un vistazo a la puerta justo cuando entraba en compañía de Lauren Penn.

Al verla, sintió celos. Y fue una sensación tan sorprendente y tan intensa que abrazó al bebé con más fuerza que antes y lamentó no haberse dejado suelto el pelo, para poder esconderse tras él.

Aline devolvió el bebé a su madre, y la pequeña sonrió.

—¡Dios mío! Tienes un diente... ¿no eres demasiado pequeña para eso?

–A la mayoría de los niños les empiezan a salir los dientes a los seis meses –dijo Hope.

–No sé mucho de niños, como verás.

–Pues lo has hecho muy bien con Emma. Es obvio que te adora.

–Y yo la adoro a ella. Pero te aseguro que no tiene nada que ver conque se parezca a Keir. Eso fue una estupidez de la que ya me he recuperado.

–Lo sé –dijo Hope, con calidez–. No hace falta que te disculpes, Aline. Es agua pasada.

–Puede ser, pero me gustaría que no hubiera pasado. No significó nada para ninguno de los dos, y precisamente por ello creo que no debí contártelo.

–No importa, Aline –dijo, con firmeza.

Una simple mirada le bastó para comprobar que Hope era sincera. Estaba totalmente segura del amor de su esposo.

–Sé que me has perdonado, pero no me lo merezco.

–Aline, el único problema es que tú no te has perdonado. Eres muy perfeccionista y te exiges demasiado.

–Soy así, no lo puedo evitar.

Justo entonces, Aline miró a Jake y a Keir, que estaban hablando. Hope lo notó.

–Deberían llevar una etiqueta que dijera:

Cuidado, hombres peligrosos –comentó Hope–. Ya solo falta que se les una Leo Dacre y todas las mujeres de la sala se desmayarán. ¿Qué te parece Jake?

Aline estuvo a punto de rendirse a sus instintos y hacer un análisis explosivo del hombre, pero prefirió aprovechar la ocasión para librarse de parte del sentimiento de culpa que la embargaba por haber intentado evitar la boda de Hope y Keir. De modo que sonrió e intentó evitar la ironía.

–Es interesante.

–Es maravilloso –puntualizó su amiga.

Sin embargo, los ojos de Hope no estaban clavados en Jake sino en Keir. Para ella no había más hombre en el mundo que su marido. Aline había sentido lo mismo hacia otra persona, en el pasado. Pero Michael estaba muerto, y al mirar a la pequeña Emma lamentó que su difunto esposo hubiera preferido esperar para tener descendencia; de no haberlo hecho, ella también podría estar sosteniendo, en aquel instante, a su propio hijo.

Todo aquello le resultaba tan doloroso que insistió en el asunto de Jake con tal de pensar en otra cosa.

–Sí, es cierto, Jake Howard es impresionante.

–Y muy guapo, como tú. Y al igual que tú, extremadamente inteligente.

Aline puso cara de disgusto y Hope se apresuró a decir:

–Sí, ya sé que has tenido que luchar mucho para que te tomen en serio. La vida no es justa con las mujeres inteligentes, sobre todo cuando son muy atractivas.

–Bueno, al menos no soy rubia –bromeó–. Para las rubias es aún más difícil.

–Sospecho que a Jake le sucedió algo parecido antes de hacerse rico. Siendo tan guapo, cabe imaginar que la gente tampoco lo tomaba en serio.

–Seguro que supo aprovecharlo en beneficio propio.

Aline estaba bien informada sobre Jake. Sabía que tras estudiar en la universidad había creado una asesoría de ingeniería forestal y que en solo diez años había levantado una organización de ámbito internacional. Tenía fama de ser justo y honrado, pero también brutal cuando lo atacaban. Había leído mucho sobre las empresas que había absorbido y sobre su forma de trabajar. Pero al verlo por primera vez, lo único que le había llamado la atención realmente había sido su potente y letal sexualidad, que hundió todas sus barreras.

–Keir dice que es atrevido y disciplinado, y que tiene tal capacidad de concentración y tal fuerza de voluntad que podría conquistar el mundo si se lo propusiera –dijo Hope, riendo–. Además, es muy bueno con los niños. Emma lo adora. Debería enamorarse de alguien, tener hijos y crear una dinastía.

–Tal vez tuviera hijas en lugar de hijos.

–¿Y qué? Tú eres la prueba de que las mujeres pueden ser tan buenas como los hombres en el mundo de los negocios.

–Sí, bueno, pero mi padre me crio como si fuera un hombre.

–Estoy segura de que estaría muy orgulloso de ti.

–Eso espero.

Justo entonces, las miradas de Aline y Jake se encontraron. Fueron solo unos segundos, pero pareció una eternidad. Jake irradiaba energía, un poder formidable e hipnótico que la estremecía. No se parecía nada a Michael. Michael había sido un hombre galante, con un gran sentido del humor y un enorme corazón.

Apartó la mirada deliberadamente y observó a Lauren, que le sonrió.

–Emma no es la única que coquetea con Jake –comentó.

–No. Lauren está mal desde hace años,

pero últimamente ha empeorado –dijo con seriedad–. Su padre está muy preocupado por ella.

Cuando Aline volvió a observar a Lauren descubrió que había cambiado de objetivo y que ahora estaba coqueteando con Tony Hudson, uno de los fiduciarios del fondo de caridad de Michael. Pensó que tenía que hablar con él para comentarle que ya era hora de que destinaran parte de los millones del fondo a los jóvenes que debían beneficiarse de él.

Entonces sintió que el cabello de su nuca se erizaba y supo de inmediato que Jake se había unido a ellas. Al levantar la mirada, tuvo una visión perfecta de sus largas piernas y de sus estrechas caderas.

Por suerte, las negociaciones de Jake con el banco ya habían terminado. Ya no tendría que levantarse cada mañana con la perspectiva de enfrentarse a aquella expresión, a aquel tono de voz que la dominaba.

–Jake, me alegro mucho de verte –dijo Hope.

–Y yo de verte a ti, Hope. Hola, Aline...

Jake se inclinó para acariciar al bebé y Aline lo observó. Estaba tan cerca que podía contemplar perfectamente las pequeñas arrugas de sus intensos ojos, las pestañas negras y sus preciosos labios. Hasta entonces siempre había conseguido escapar del hechizo de aquel hombre, pero se dio cuenta de que algo había cambiado en él. Su actitud era mucho más dominante que de costumbre, más seductora.

Con un enorme esfuerzo de voluntad, consiguió controlarse. Jake sonrió como si fuera perfectamente consciente del efecto que tenía en ella.

–¿Puedo tomar en brazos a Emma? –preguntó él.

–Claro...

Aline había vuelto a sostener al bebé minutos antes, de modo que no tenía más remedio que tocar a Jake, aunque fuera levemente, para dejárselo. Y no era algo que le agradara demasiado. Su único contacto físico hasta aquel momento habían sido los apretones de manos, e incluso así, intentaba limitarlos.

Sin mirarlo, dejó a la pequeña en sus brazos y se dijo que definitivamente se sentía atraída por él. Lo deseaba y detestaba sentirse tan vulnerable ante su intenso magnetismo. Además, se sentía culpable porque nunca había sentido nada similar hacia Michael.

–No hay duda de que estás acostumbrado a tratar a los niños –comentó Hope.

–Me gustan, eso es todo. Son sencillos, saben lo que quieren. Si deciden que les caes bien, sonríen y se divierten. No pierden el tiempo, como los adultos.

Keir se acercó al grupo en aquel instante y estuvieron charlando durante unos minutos sobre temas intrascendentes. Pero al cabo de un rato, Hope se marchó con la niña y su marido y Aline se quedó a solas con Jake, sin saber qué hacer ni qué decir.

–No sabía que pensaras asistir al bautizo –afirmó, al final.

–¿Preferirías que no hubiera venido?

–No, claro que no –respondió ella–. Solo lo decía porque creía que aún estabas en Vancouver.

–Estaba, pero todos los días sale algún avión para volar desde Canadá a Nueva Zelanda. Además, tengo intención de ver más a menudo a partir de ahora a Keir y a su esposa.

–Son una familia encantadora.

La pareja permaneció en silencio durante unos segundos. Jake esperó que Aline añadiera algo más, y al ver que no pensaba hacerlo, dijo:

–También me gustaría verte más a ti.

–Después de haber cerrado el trato, ya no tenemos que reunirnos de nuevo...

–No tiene nada que ver con el trato, sino con nosotros. Contigo y conmigo.

El salón de la mansión era enorme y estaba lleno de gente. Muchos invitados habían salido al jardín y era evidente que disfrutaban de las conversaciones y del champán. Pero Aline se sintió como si estuviera totalmente sola, atrapada por la inflexible voluntad de Jake.

–No –dijo, como único comentario.

Jake la tomó por la muñeca y afirmó:

–Puedo sentir tu pulso, y tu corazón late al doble de la velocidad normal.

–No –repitió, mientras se liberaba–. Y no vuelvas a tocarme. No me gusta la gente que se comporta de ese modo.

Entonces, oyeron una voz suave a su espalda. Era Lauren Penn.

–Nunca le ha gustado que la toquen. Excepto su esposo, claro está –dijo la mujer, en tono de burla–. Pero, por si no lo habéis notado, lo digo con ironía.

–Lauren...

Aline miró la copa de champán en la mano de Lauren. Estaba medio vacía, y la mujer terminó de vaciarla y la dejó sin cuidado alguno sobre la mesa.

–Lauren, ¿qué? ¿Quieres que me marche,

que no haga una escena? ¿Sabes una cosa? Estoy harta de ti. Desde que Michael murió no has dejado de intentar demostrar que lo echas de menos, pero no eres la única que lamenta su muerte. Ya ves, Jake, la pobre Aline tiene un problema. Nunca le ha gustado que la toquen. Mike decía que era como las turquesas, frías, suaves y lisas, sin ninguna profundidad. La llamaba la intocable y, a veces, la reina de hielo. Decía que hacer el amor con ella era como visitar un santuario, no como acostarse con una mujer...

—Ya basta —espetó Jake—. Márchate de aquí.

El tono de voz del hombre sonó tan duro que Lauren palideció.

—Ya es hora de que lo sepa —continuó Lauren—. Se está torturando por una mentira. Michael me amaba y yo lo amaba a él. Cuando murió, hacía un año que éramos amantes. Quería dejarla y marcharse a vivir conmigo, pero no quería hacerle daño. Teníamos intención de casarnos.

—No te creo —dijo Aline, con voz temblorosa.

—No me crees porque no quieres creerme. ¿Sabes lo que pasó cuando él murió? Que perdí el hijo que estaba esperando. Su hijo.

Jake y Aline permanecieron en silencio, sin

saber qué decir. Y Lauren siguió hablando, con un tono de intensa amargura.

–Si no te hubieras aferrado a él, os habríais divorciado, y él y mi hijo estarían vivos. No habría permitido que cruzara el océano para rescatar a aquel navegante que se había perdido. Tú mataste a Mike y mataste a mi hijo porque no permitiste que se alejara de ti.

Aline la miró y supo que estaba diciendo la verdad.

Capítulo 2

ALINE sintió un intenso dolor. Le dolía respirar y hasta pensar. No había sentido tanto dolor desde que le dijeron que Mike había muerto, y la ironía de todo aquello era tan terrible que a punto estuvo de caer de rodillas.

—Eres tan obstinada y egoísta —continuó Lauren, en voz baja—. Crees que siempre tienes razón, pero mañana no tendrás más remedio que creerme. He prestado las cartas de Michael.

—¿Qué diablos quieres decir? —preguntó Jake.

—Aline no quiso hablar con cierto autor que quería escribir la biografía de Michael, pero yo sí. Le conté todo sobre mi relación con Mike porque quiero que se sepa que nos amábamos. Mañana por la mañana, todo el mundo sabrá en Nueva Zelanda que Aline no dio nada a Mike y que yo se lo di todo.

Aline cerró los ojos, desesperada, dominada por una intensa sensación de traición y rechazo.

–¿Y ese libro se publica mañana? –preguntó Jake, mirándola con la tensión de un depredador.

Lauren dio un paso atrás, de forma instintiva.

–Se publica la semana que viene, pero mañana publicarán un gran extracto en una de las ediciones dominicales de los periódicos. Mike consiguió con sus viajes alrededor del mundo que todos conocieran Nueva Zelanda, y se preocupaba tanto por los niños que reunió millones para ayudarlos. Parte del dinero que se obtenga con el libro se destinará al fondo de caridad, pero Aline se habría opuesto de haberlo sabido –declaró Lauren–. La gente tiene que saber que era un hombre maravilloso. No me avergüenzo de haberlo amado, y me enorgulleceré hasta el día de mi muerte de que me amara a mí.

Jake deseó estrangularla, pero su enfado no era tan fuerte como la necesidad de sacar a Aline de allí antes de que el enfrentamiento entre las dos mujeres empeorara. Desde que Lauren había empezado a hablar, Aline no se había movido. Era la primera vez que la veía tan vulnerable y se sintió dominado por la intensa necesidad de protegerla.

Se acercó a ella, la tocó con suavidad y dijo:

—Aline, ven conmigo. Vámonos.

Aline dejó que la levantara del sofá y la pareja cruzó el salón. Jake la llevó al despacho de Keir, que afortunadamente estaba abierto. Se asomó para comprobar que no había nadie y entraron. La joven se quedó en mitad de la habitación, como una estatua, sin hablar.

—Tal vez haya mentido —dijo él.

—No, no ha mentido —afirmó, con voz distante.

—¿Cómo lo sabes?

—Siempre decía que mis ojos eran como las turquesas. ¿Cómo podría saberlo ella?

—Puede que lo oyera alguna vez, en alguna conversación.

—No, no... Y ahora que lo pienso, Keir debía de estar al tanto de todo lo que sucedía. Era el mejor amigo de Michael. Claro, ahora lo entiendo...

—¿Qué es lo que entiendes?

—Aproximadamente un año antes de que muriera noté que Michael se había distanciado de mí, y desde entonces empezamos a ver menos a Keir. Le pregunté a Michael por qué, y me contestó que era natural, que los hombres casados no veían muy a menudo a sus amigos de soltería –respondió, mirándolo con la vista perdida–. Cuando estás enamorada de alguien crees todo lo que dice porque quieres creerlo.

Un repentino crujido alertó a Jake de que la puerta del despacho se había abierto. Se giró en redondo y vio a Keir.

–¿Qué está pasando aquí? –preguntó el recién llegado.

Jake se apartó y dejó que Aline se lo explicara. Cuando terminó con la narración, la mujer preguntó:

–¿Lauren fue la única?

–Sí –respondió Keir, de forma brusca.

–De modo que realmente la amaba... ¿Por qué no me lo dijiste?

–¿Me habrías creído? Además, no era quien tenía que contártelo.

Jake comprendió la posición de Keir. Él no podía decir nada. Estaba atrapado entre su amistad con Michael y su amistad con Aline.

–Sí, tienes razón, Keir. No debí preguntártelo –dijo Aline–. En fin, será mejor que me marche.

–Yo te llevaré –se ofreció Jake.

–Te lo agradezco, pero he venido en mi coche.

–No puedes conducir en este estado. Me aseguraré de que lleven tu vehículo a tu casa.

–Puedo conducir perfectamente.

–No, no puedes. Mátate si es eso lo que quieres hacer, pero ¿qué pasaría si matas a alguien con el coche?

Aline lo miró.

–De acuerdo. Iré contigo –dijo, antes de dirigirse a Keir–. Por favor, Keir, dile a Hope que he tenido que marcharme y que lo siento.

–Por supuesto. ¿Estarás bien? –preguntó, frunciendo el ceño.

–Sí, claro que sí. Nadie se muere por culpa de una desilusión. Además, esta semana no trabajo y me sentiré bien en cuanto consiga asumir la idea de que...

Aline no terminó la frase. Estaba rota.

–Yo cuidaré de ella –dijo Jake.

Los dos hombres se miraron con intensidad. Pero, al final, Keir asintió.

–Está bien.

Una vez dentro del vehículo de Jake, Aline intentó tranquilizarse. Sin embargo, no podía. No lograba dejar de pensar en el innegable hecho de que Michael la había traicionado. Al cabo de un rato, dijo:

–Me sorprende que haya esperado tanto tiempo para contármelo.

–¿Por qué iba a decírtelo?

–No sé, ha estado sin decirme una sola palabra y ahora me lo cuenta todo. Lo siento mucho por ella. No haber podido mostrar su dolor en público ha debido de ser terrible. Y perder su bebé...

–¿Su bebé? No sabes si eso es cierto.

Aline se miró las manos. Estaban temblando.

–Me siento como una estúpida. He llorado durante tres años a un hombre que le contaba a su amante cómo me llamaba en privado.

–No eres la primera persona a la que traicionan. Le sucede a todo el mundo.

–¿A ti también?

Jake se encogió de hombros.

–Por supuesto.

–No pienso volver a ponerme en una situación parecida. Nunca más –dijo ella, repentinamente furiosa.

Jake la miró durante un segundo, mientras conducía, y vio la fuerza de la determinación en su rostro. Entonces, Aline bajó la ventanilla, se quitó el anillo de casada y lo tiró a la calle.

–Ya está, ya ha terminado. Ahora solo tengo que olvidar.

Su acompañante no dijo nada. Permaneció

en silencio hasta que unos minutos más tarde Aline quiso indicarle la forma de llegar a su casa.

—Gira a la derecha en el siguiente cruce y...

—Sé dónde vives. En una localidad junto al puerto de la península de Whangaparoa.

Aquella noche, Aline se preguntó cómo conocía su dirección. Pero en aquel momento no le dio mayor importancia.

—¿Qué piensas hacer ahora? —preguntó él.

—No lo sé. Quedarme en casa, supongo, e intentar rehacer mi vida.

—¿Viviste allí con él?

—¿Con Michael? Sí... No lo había pensado. No quiero volver a esa casa —confesó.

—Puedes venir conmigo. Tengo una casa en una playa, no muy lejos de aquí, completamente aislada. Pensaba ir esta noche para pasar unos días antes de marcharme a Nueva Zelanda.

—No querría ser una molestia —afirmó con nerviosismo.

Jake rio.

—Lo que quieres decir es que tienes miedo de que te seduzca. Al parecer no tienes muy buena opinión de mí, pero debo puntualizar que no tengo intención de acostarme contigo.

—Lo siento, no pretendía herirte —dijo, ruborizada, en un murmullo–. De todas formas, te agradezco el ofrecimiento. Ha sido muy amable por tu parte.

Cuando el vehículo de Jake se detuvo frente a la casa de Aline, vieron que una periodista y un cámara estaban esperando en la calle. Además, varios vecinos habían salido de sus casas para contemplar la escena.

–¿Quieres que dé la vuelta y que nos marchemos? –preguntó Jake.

–¿Y adónde podría ir? No, no quiero huir.

–Haces bien –dijo, mientras aparcaba–. Míralos con arrogancia y acaba con ellos. Espera en el coche hasta que te abra la portezuela. Te seguiré a tu casa.

Jake salió del vehículo, dio la vuelta y abrió la portezuela de Aline tal y como había asegurado. La joven salió y de inmediato tuvo que enfrentarse a la periodista.

–¿Señora Connor? –preguntó la mujer, tras mirar a Jake con evidente interés–. Me gustaría hablar con usted.

–No, gracias.

Aline notó que el cámara comenzaba a grabar.

–Solo será un momento. Se trata del libro

que ha escrito Stuart Freely sobre su marido. Pensamos que tal vez querría hacer algún comentario.

–Ya ha oído a la señora Connor –intervino Jake–. No desea hacer ningún comentario.

Aline abrió la puerta de su casa, entró con Jake y cerró.

–Si les interesо tanto, es que este fin de semana no hay muchas noticias...

–Ven a mi casa. El interés de la prensa desaparecerá en unos cuantos días y después te olvidarán.

–Eres muy amable, pero sería cobarde por mi parte.

–¿Cobarde? ¿Te parece cobarde evitar que te conviertan en un espectáculo? Será mejor que busques una excusa mejor, Aline.

Aline echó un vistazo al salón que Michael y ella habían decorado con sumo cuidado y placer. La idea de pasar un segundo más en aquel lugar le parecía aberrante y, por otro lado, estar con Jake ya no le resultaba tan terrible tras saber que Lauren y su difunto esposo habían sido amantes.

–Está bien, iré contigo.

–Entonces, recoge la ropa que necesites –ordenó Jake.

El hombre sacó su teléfono móvil, marcó un número y comenzó a hablar con alguien:

–¿Sally? Tengo un par de encargos para ti, y son urgentes...

Aline subió las escaleras y guardó en una bolsa de viaje la ropa que necesitaba. Después, metió sus cosméticos y las cosas del cuarto de baño, añadió unos zapatos, se quitó el vestido de seda y se puso unos pantalones negros y un polo del mismo color. Finalmente, se puso un jersey sobre los hombros por si hacía frío.

De repente, sintió que las fuerzas la abandonaban. Michael la miraba, sonriente, desde la fotografía que estaba sobre la cómoda. Aline se acercó a ella, con los ojos llenos de lágrimas, y la puso boca abajo. Algún día llegaría a pensar que su amor había merecido la pena de todas formas, pero de momento solo sentía rabia, humillación y un inesperado sentimiento de solidaridad con Lauren.

–¿Ya has terminado ahí arriba? –preguntó Jake.

–Sí.

Aline salió del dormitorio y cerró la puerta a su espalda.

Jake la estaba esperando al pie de la escalera, de pie, imponente con su casi metro noventa de altura y sus duros rasgos iluminados por los últimos rayos del sol.

–¿Quieres que te ayude con la bolsa?

–No, gracias –respondió ella.

Mientras descendía, Aline pensó que marcharse con Jake equivalía a iniciar un viaje por territorios desconocidos y peligrosos, sin mapas y sin compás. Él notó su inseguridad y su cansancio emocional y se hizo cargo de la bolsa de viaje.

–¿La casa tiene puerta trasera? –preguntó.

–Sí, está allí. Da al garaje y a un callejón.

–Magnífico. No sé cómo te las arreglas pero siempre vas vestida perfectamente para la ocasión –declaró con una sonrisa–. La ropa negra que te has puesto será excelente para huir sin que nos vean. ¿Te sientes con fuerzas para caminar un kilómetro o algo así, hasta el campo de golf?

–Sí, claro que sí, pero ¿por qué lo preguntas?

–Porque allí nos estará esperando un helicóptero.

–¿Un helicóptero? –preguntó, aunque en su estado no le interesó demasiado.

–Sí, tenía que ir a recogerme a Auckland, pero ahora viene hacia aquí.

–¿Y tu coche?

–Alguien se encargará de llevarlo a la ciudad.

Aline asintió y lo siguió a la puerta trasera. Una vez allí, le dio las llaves de la casa y permitió que cerrara.

–Vámonos –dijo él.– Yo iré delante.

Por fortuna, nadie estaba esperando en la parte trasera de la casa y pudieron alejarse sin que los vieran. Aline se puso unas gafas de sol y pensó que de vez en cuando rendirse a una fuerza irresistible como la de Jake era lo mejor que se podía hacer.

Casi habían llegado al campo de golf cuando oyeron que el helicóptero descendía rápidamente.

–Camina deprisa, pero no corras. No debemos llamar la atención –dijo Jake.

Sin embargo, nadie se fijó en ellos. Las personas que se encontraban en el campo de golf estaban acostumbradas a ver helicópteros despegando y aterrizando.

Al verlos, el piloto del aparato los saludó con la mano. Entonces se abrió una de las portezuelas y salió un hombre que corrió hacia ellos. Jake puso algo en su mano y acto seguido instó a Aline a seguirlo.

–Baja la cabeza –dijo él, mientras la llevaba hacia el helicóptero.

Las aspas levantaban tanto viento que revolvió completamente el cabello de Aline. Sin embargo, no prestó atención ni a las turbulencias ni al atronador sonido de los rotores; era demasiado consciente de la presencia de Jake y su corazón comenzó a latir más deprisa cuando la tocó para ayudarla a subir.

Ya dentro, se pusieron los cinturones de seguridad. Jake cerró la portezuela y se colocó unos cascos para comunicarse con el piloto.

Aline se preguntó si no estaba cometiendo un grave error al marcharse con él. Pero el pensamiento desapareció ante el recuerdo de Michael y de lo que había averiguado aquella tarde. En el fondo de su corazón, siempre había sabido que no había sido la mujer adecuada para él.

En aquel instante sintió el impulso hacia arriba del helicóptero, que se elevaba, y se estremeció cuando se alejaron a toda velocidad, sobrevolando penínsulas, bahías y pequeñas islas. Se había dejado convencer por Jake en parte por cobardía y en parte como respuesta a su inmenso poder de convicción. Durante las negociaciones con el banco, había descubierto que era muy inteligente y que podía llegar a ser duro, aunque siempre encontraba soluciones satisfactorias para todas las partes.

Bajo el civilizado aunque agresivo hombre de negocios parecía existir un guerrero, un hombre con instintos de cazador, un aventurero que irradiaba una intensidad primaria muy excitante.

−¿Te encuentras bien? −preguntó él.

Aline asintió y apartó la mirada. Le parecía extraño que se encontrara dividida entre su dolor y la atracción por Jake. Le había gustado desde el principio, pero había hecho lo posible por dominar su deseo; entonces le parecía algo indigno, una especie de traición al hombre que había amado con todo su corazón. Pero, al parecer, había sido increíblemente ingenua.

La noche se fue cerrando y pocos minutos después estaba tan oscuro que solo se veían las luces de las localidades y casas que sobrevolaban. Aline cerró los ojos y, cuando volvió a abrirlos, el helicóptero ya había aterrizado. Jake abrió la portezuela y al ver que Aline no salía intentó ayudarla; pero su contacto la estremeció tanto que quiso incorporarse y se golpeó con la puerta.

−¿Qué ha pasado? −preguntó él.

Entonces, para sorpresa de la joven, Jake pasó suavemente los dedos por su cabeza y frunció el ceño al notar el pequeño chichón. Aline dio un paso atrás, asombrada con la inesperada dulzura del ejecutivo.

–Espera un momento. Voy a sacar tu equipaje.

–Gracias.

Unos segundos después se alejaron hacia la casa. El helicóptero volvió a despegar como un gigantesco insecto y desapareció en la noche.

–¿Qué tal está tu cabeza? ¿Te duele?

–No, solo ha sido un golpe sin importancia.

Jake la tomó de la mano y dijo:

–Bienvenida a mi apartamento.

Aline intentó liberarse, pero él no la soltó.

–Es mejor que te lleve de la mano. La hierba no está bien cortada y podrías tropezar en la oscuridad. Vamos, estás helada...

–No lo estoy.

Jake tocó su cara, como para comprobar la temperatura, y ella se estremeció.

–Lo estás. Definitivamente.

Cuando llegaron al edificio, Jake abrió la enorme puerta y encendió la luz.

–Adelante.

–Yo no diría que esto es exactamente un apartamento. Es demasiado grande y moderno. ¿Cuántas habitaciones tiene?

–Cuatro. Y no sabía que los apartamentos tuvieran que tener un número determinado de habitaciones para serlo –dijo con ironía–. Es fácil de limpiar y perfecto para pasar cortas vacaciones de vez en cuando. Por eso lo llamo apartamento.

–Es muy bonito –dijo, mirando a su alrededor.

–Bueno, ahora deja que vea otra vez ese chichón.

–Está perfectamente bien. No siento el golpe y ni siquiera tengo un rasguño.

Jake insistió a pesar de todo y apartó su cabello con exquisito cuidado para comprobarlo. Aline cerró los ojos y solo los abrió al sentir que la oscuridad aumentaba el efecto de su masculino aroma, salado y sensual, y el lento fuego que despertaba su contacto.

–Mañana se te habrá quitado. Pero te ha debido afectar porque casi no te tienes en pie, así que te enseñaré tu habitación y podrás descansar si quieres.

–Estoy bien, en serio. No ha sido nada.

La habitación de invitados resultó ser enorme. Aline se quedó mirando la gigantesca cama mientras Jake abría las ventanas para que entrara la brisa.

–El cuarto de baño está en esa puerta –dijo, haciendo un gesto hacia uno de los laterales–. Te traeré algo de beber.

–No quiero...

–Aline, relájate. Has tenido que hacer un enorme esfuerzo para mantener la compostura desde que Lauren te contó todo eso. Algo de beber te vendría bien para aliviar la tensión, y también deberías comer para recobrar fuerzas. En este momento pareces una princesa encerrada en una torre, pálida y con un aspecto tan débil que cualquiera diría que te romperías en mil pedazos si un mosquito se posara sobre ti.

–No necesito beber nada para aliviar la tensión. No tengo la costumbre de beber con extraños, gracias.

Jake sonrió.

–Ahora comienzas a parecerte a la Aline Connor que conozco. En cuanto a tu comentario, hasta mi madre sabe que no soy perfecto, pero tanto como ser un desconocido para ti... No somos desconocidos, Aline. No lo somos en absoluto.

Jake puso las manos en las mejillas de la joven para obligarla a mirarlo.

–Suéltame. Dijiste que no tendría que acostarme contigo.

–Y lo dije en serio, pero no voy a permitir que te engañes a ti misma. Sabes tan bien como yo que desde que nos conocimos somos incómoda e inconvenientemente conscientes de la atracción que sentimos el uno por el otro. En algún momento tendremos que hacer algo al respecto.

–No tengo intención de...

–Tranquilízate. Ya te he dicho que no soy tan insensible como piensas, y desde luego no tengo la menor intención de hacer nada ahora. Te estaré esperando afuera.

Aline esperó hasta que Jake salió de la habitación y cerró la puerta. Entonces, entró en el servicio y se dio una larga ducha, pero un par de minutos después ya estaba tan tensa como antes. Además, acababa de descubrir algo que la había incomodado en extremo. El cuarto de baño tenía todo lo que una mujer pudiera desear, y sintió unos intensos y absurdos celos ante la posibilidad de que otra mujer hubiera estado allí. Desesperada, se secó el cabello y salió al encuentro de Jake.

–Ah, ya tienes el aspecto de siempre –dijo él, de forma algo enigmática–. Qué pena. Me gustaba ese aire salvaje e informal que tenías antes.

Después de la ducha, Aline se había puesto de nuevo los pantalones negros, pero esta vez con una blusa de seda en tonos azules que iba a juego con sus ojos. Jake también se había cambiado de ropa. Vestía unos pantalones vaqueros y una camisa de algodón, con las mangas subidas, que remarcaba sus fuertes hombros.

–El aire salvaje e informal no va muy bien con los negocios –comentó–. ¿Puedo ayudarte en algo?

–¿Sabes cocinar?

–Por supuesto –respondió ofendida.

Jake rio.

–Era una broma, la cena ya está preparada.

Él sacó una botella de champán.

–Un hombre que sabe cocinar... maravilloso.

–Te recuerdo que todos los grandes chefs son hombres.

–No, ya no. Ahora también hay mujeres.

Jake sonrió, abrió la botella y llenó dos copas. En cuanto probó el líquido, Aline supo que no era un champán cualquiera, sino uno de los mejores que se podían tomar.

–¿Intentas impresionarme? –preguntó, con una sonrisa de escepticismo.

Jake la miró con interés.

–¿Podría conseguirlo?

Capítulo 3

ALINE se sintió dominada por un impulso temerario, del que supo que se arrepentiría al día siguiente, y dijo:

—No, no intentas impresionarme. Confías tanto en ti mismo que no te importa lo que los demás piensen.

—Te aseguro que siento respeto por la opinión de algunas personas.

—Pero ningún respeto por la opinión pública.

—Hace ciento cincuenta años, la opinión pública pensaba que las mujeres no debían votar —dijo con ironía—. Y muchos de los que lo pensaban eran mujeres. Así que no, en ciertos sentidos no hago mucho caso a lo que piense la gente.

Aline levantó su copa y tomó un poco de champán.

—Deberíamos brindar —dijo él de repente—. Por la verdad.

–Ah, sí. El refrán dice que la verdad nos hará libres –declaró con amargura–. Yo no estoy tan segura de eso.

–¿Preferirías vivir entre cómodas mentiras? Me sorprendes.

–¿Por qué?

–Porque estoy seguro de que prefieres una verdad dolorosa a vivir una mentira. Siempre me has parecido muy fuerte, y solo los débiles se esconden tras fachadas engañosas.

–Me alegra saber que te parezco fuerte.

–¿Pero?

Aline sonrió y se encogió de hombros.

–La fortaleza no es la mejor de las virtudes, aunque desde luego es muy útil.

–Bueno, el mundo se mueve gracias a las cosas útiles. ¿Es que eres una romántica, tal vez?

–No –respondió, sin énfasis alguno.

La joven pensó en tomar un poco más de champán, pero no lo hizo. Dejó la copa sobre la mesa, se levantó, caminó hacia el ventanal y miró al exterior.

–Es un lugar muy bonito.

La estrategia de Aline por cambiar de conversación fue tan obvia que Jake no le hizo caso. Diez minutos después se encontraban debatiendo sobre asuntos políticos. Aline estaba acostumbrada a ello y podía hacerlo casi sin pensar, pero las ideas de Jake eran tan interesantes que hablar con él resultaba muy estimulante.

Cuando por fin estuvo lista la cena, Aline descubrió que llevaba más de una hora sin pensar en Michael.

Al principio, tomó de forma automática la ensalada y las vieiras que había preparado Jake, pero estaban tan buenas que enseguida se interesó realmente por la cena.

–Estaba delicioso –comentó, cuando terminaron–. No solo sabes cocinar. Además, eres un cocinero excelente.

–Gracias.

Jake se levantó para llevar los platos a la cocina y Aline pensó que la combinación del champán, la cena, la interesante conversación y la sensación de sentirse cuidada demostraba lo peligroso que era Jake. Lo único que deseaba era esconderse, pero él la forzaba a estar alerta y lo hacía de un modo encantador, por el sencillo procedimiento de ser él mismo.

Sintió un deseo tan intenso que se volvió a levantar y abrió las puertas que daban al jardín para sentir el aire fresco y húmedo del mar. Por una vez en su vida, no quería sentir, no quería sobrevivir ni recuperarse; solo deseaba esconderse y dejarse caer en su profundo vacío.

Cuando Jake regresó de la cocina con los postres, ella preguntó:

–¿Te importa si dejo las puertas abiertas? Me sentía un poco mareada y no me gustaría estropear tan excelente cena.

–Entonces, siéntate y come.

Una hora después, Aline suspiró.

–No, gracias, no quiero más café. Me has dado todo un festín –dijo la joven–. ¿Dónde has aprendido a cocinar?

–Bueno, cuando estaba en la universidad no tenía dinero para comer fuera de casa, así que no tuve más remedio que aprender. Y me gusta hacer bien lo que hago.

–¿Quién te enseñó? ¿Alguna novia?

–No, aprendí en un restaurante.

–¿Un restaurante con un chef tan altruista como para dar lecciones de cocina a un estudiante sin recursos? Si hubiera sabido que existían sitios así, ahora sabría hacer algo más que freír huevos.

–Si puedes freír bien unos huevos, puedes cocinar cualquier cosa. Empecé trabajando en la cocina y poco a poco fui ascendiendo. Cuando me marché, ya permitían que cocinara si el cocinero jefe tenía el día libre y no había demasiados clientes en el local.

–Qué suerte. Yo sé cocinar algunos platos básicos, pero nada más.

–Sí, me da la impresión de que eres de la clase de personas que viven a base de ensaladas.

Aline se encogió de hombros, se levantó y se dejó caer en un sofá.

–Mi hermana es la que ha heredado las inclinaciones domésticas. Es capaz de hacer cosas maravillosas con un poco de queso y una lechuga, pero a fin de cuentas ella estudió cocina mientras yo coleccionaba títulos universitarios. Se suponía que yo debía seguir los pasos de mi padre.

En aquel momento, Jake apagó las luces.

–¿Qué has hecho? –preguntó ella.

–Dentro de unos momentos podrás ver cómo sale la luna por detrás de la península de Coromandel. Es un espectáculo que merece la pena ver.

Aline se puso tensa, pero al ver que Jake no se sentaba a su lado, sino en un sillón, se relajó. Segundos después pudo ver que la luna estaba efectivamente a punto de salir por donde había dicho.

–¿Y seguiste los pasos de tu padre al final?

–No.

–¿Qué pasó?

–Mi hermana y mi madre murieron en un accidente de tráfico. Mi padre vendió el negocio y utilizó el dinero para crear una fundación en su memoria. Hasta que se suicidó.

Jake permaneció en silencio durante unos segundos, mientras la luna ascendía en el horizonte iluminándolo todo con un halo plateado.

–No debió hacer algo tan cruel y cobarde –comentó él.

–Comprendo que lo hiciera. Quería mucho a mi madre y a mi hermana. Pero ya han pasado seis años y lo he superado.

–¿Lo has superado? ¿Lloraste por ellos?

–Por supuesto que sí –respondió, casi indignada–. Pero no se puede llorar siempre. Más tarde o más temprano hay que superar el pasado.

–Algo que tu padre no consiguió hacer... Pero háblame de tu marido.

Jake casi esperaba que lo mandara al diablo, y se sorprendió mucho cuando Aline comenzó a hablar.

–¿Sabes una cosa? Hope me recuerda mucho a Michael. Mi madre y mi hermana también eran así, gente que brilla como si tuviera el sol dentro, que atrae a los demás y que llevan la felicidad a todas partes.

Jake sintió unos intensos celos de Michael, pero consiguió controlarse.

–¿Y Michael? Además de ser un magnífico navegante, era un fotógrafo de gran talento. He visto su colección sobre los océanos.

–Sí, le gustaba mucho el mar.

–¿Cómo murió?

–Estaba en una patrulla de búsqueda y rescate, intentando localizar a un amigo que se había extraviado en el sur. Salió en un helicóptero y no volvió. Nunca encontraron los restos.

–Debió de ser muy duro para ti.

–Sí, y ahora resulta que ni siquiera me amaba –comentó en un susurro.

Aline se derrumbó entonces, de modo que Jake se acercó a ella y la abrazó. El cuerpo de la joven se estremeció y él pensó que tal vez estaba llorando, aunque en la oscuridad no podía verlo.

–Estableció ese fondo de caridad gracias a una profesora que había tenido en el instituto. Siempre decía que lo había enseñado a tener fe en sí mismo y a luchar por lo que quería. De no haber sido por ella habría terminado en las calles, y solo quería hacer algo útil por la sociedad.

–Comprendo. Así que organizó una campaña y los neozelandeses se sumaron por millones. ¿No tuviste nada que ver con ese asunto?

–No.

Jake supo que estaba mintiendo.

–Se está bien aquí –continuó ella–. La luz de la luna es una especie de milagro familiar.

–Cierto, es familiar pero nunca es la misma. Como el amor.

–¿Has estado enamorado?

–Un par de veces.

–Yo solo una. Me pregunto si Michael me quiso alguna vez.

–Es probable.

–Pero no es seguro.

–Ten en cuenta que el sexo y el amor pueden ser dos cosas distintas.

–Cierto, pero ¿tú serías capaz de decirle a una mujer que la amas cuando realmente amas a otra?

–No.

Aline supo que su respuesta había sido sincera.

–Keir tampoco lo haría. Quiere tanto a Hope que dudo que fuera capaz de tener el menor desliz extramatrimonial. No sé, tal vez me ocurre que yo no sé elegir a los hombres. Pero no fui quien eligió a Michael, sino Michael quien me eligió a mí. Y es posible que entonces ya estuviera enamorado de Lauren, pero se empeñó en esperar para tener una familia.

–Tal vez tú estuvieras interesada en algo que él no te podía dar.

–¿Como por ejemplo?

–Tal vez no estuviera dispuesto a comprometerse.

–Puede ser. Yo nunca fui suficiente para él.

–¿Suficiente?

Aline se encogió de hombros nuevamente.

–Suficiente mujer, me temo –respondió.

–Aline, eres un verdadero sueño como mujer. Refinada, inteligente, atractiva... cualquier hombre en su sano juicio te encontraría irresistible.

–Olvidas que hay mujeres que tienen algo más, que son brillantes, cálidas, sensuales. Mujeres como Hope y como Lauren. No sabes nada sobre mí, Jake.

Jake la tomó por la barbilla, suavemente, y dijo:

–Hay algo que sí sé. Si no te beso ahora mismo, me arrepentiré. Y si lo hago, me arrepentiré probablemente más. Pero qué diablos, el riesgo forma parte de la vida.

Aline fue incapaz de moverse. Jake besó

sus párpados, sus mejillas, su cuello, y cuando finalmente llegó a su boca la besó de forma increíblemente dulce. Pero algo estalló en el interior de sus cuerpos y enseguida se dejaron llevar por la pasión. Ella nunca había experimentado una sensación tan salvaje y ardiente, tan poderosa.

Había estado enamorada de Michael y sin embargo nunca había sentido nada similar. En cambio, Jake Howard, con su rostro de guerrero y su habilidad para seducirla, la había hechizado y había despertado su deseo hasta el punto de que podía olvidar todo lo demás.

–He deseado besarte desde que te conocí –confesó ella.

–¿Y ha sido satisfactorio?

–No. No me basta con un beso. Quiero que me hagas el amor.

–No funciona de ese modo. No soy yo quien tiene que hacerte el amor. El sexo es algo que involucra a más de una persona y, cuando nos acostemos, lo haremos juntos. Pero no será ahora, no será esta noche.

–¿Por qué? –preguntó, claramente decepcionada.

–Has tenido un día terrible y no controlas totalmente tus actos. Si hiciéramos el amor, te arrepentirías mañana, al despertar. O incluso antes.

–No me importa.

–Pero a mí sí. No quiero que me utilices para vengarte de un hombre que lleva muerto casi tres años.

–No es así... –protestó.

–Lo es. Si hiciéramos el amor ahora, me estarías usando.

–Pero tú también me estarías usando a mí. Me deseas y yo te deseo desde que nos conocimos. ¿No te parece que no necesitamos más razones?

Jake supo en aquel instante que por primera vez en su vida estaba a punto de romper sus planes. Aline, con su inteligencia y su belleza, había conseguido que el deseo lo dominara y destrozara su fuerza de voluntad. Se inclinó sobre ella e hizo algo que había estado esperando durante meses; pasó los dedos por su cabello y se lo soltó, dejando que cayera sobre sus muñecas como una catarata de seda, sensual y extraordinariamente erótica.

–No quiero que te despiertes mañana y te arrepientas de esto.

Una vez más, Jake intentó recobrar el control. Pero, de repente, ella puso una mano sobre su boca para impedir que siguiera hablando, y dijo:

–Sé lo que deseo, Jake. Michael lleva

muerto tres años y esto no tiene nada que ver con él. Como comentabas, entre nosotros ha habido algo desde el día en que nos conocimos, y me gustaría averiguar qué es. Te deseo, Jake.

Aquello era mucho más de lo que Jake podía soportar. Aline lo miraba con las pupilas dilatadas y una combinación de sorpresa y fiebre. Jake mordió su mano con cariño y acto seguido la apartó de su boca y la introdujo por debajo de los botones de su camisa.

—Sí —dijo él, con ojos entrecerrados.

El pulso de Aline se aceleró ante el sonido de su voz y la intensidad de sus rasgos. Pensó que se iba a desmayar por la anticipación cuando se quedaron mirándose, el uno frente al otro, atrapados por una intensidad que parecía ir más allá de lo físico. Se inclinó sobre él para besarlo, pero Jake se levantó, la tomó en brazos y dijo:

—Conozco un sitio mejor para hacer esto.

En silencio, la llevó a través de la oscura sala y entraron en el corto pasillo que llevaba al dormitorio. Una vez allí, la besó y la dejó en el suelo.

Esta vez, Aline estuvo segura de que se iba a desmayar.

—Tranquilízate —dijo él, agarrándola por la cintura.

–¿Me estás probando?

–Tal vez –respondió, de forma enigmática.

Jake apartó las manos de su cintura y las coloco justo por debajo de sus senos. Aline estaba tan excitada que se apretó contra él.

–Jake... –susurró.

Él comenzó a acariciar sus curvas suavemente. De inmediato, Aline sintió que sus senos se hacían más pesados y sus pezones adquirieron tal sensibilidad bajo el contacto de sus manos que estuvo a punto de gritar de placer.

Empezó a desabrochar los botones de la camisa de Jake, con manos temblorosas, pero un movimiento junto a la ventana la sobresaltó.

–¿Qué sucede? –preguntó él.

–Nada, ha debido de ser la brisa en las cortinas.

–¿Seguro?

–Seguro.

–Puedo cerrar las ventanas si quieres...

–No, prefiero que estén abiertas.

Jake rio.

–Me podría quitar la camisa personalmente y ahorrarte el trabajo, pero prefiero que lo hagas tú.

Aline lo hizo y segundos después la camisa estaba en el suelo.

–Ahora, yo haré lo mismo por ti –dijo él.

Aline lo observó mientras desabrochaba su blusa, excitada por la anticipación y casi sin aliento. Se preguntó cómo era posible que hubiera llegado a semejante situación con un hombre que apenas conocía, pero no la preocupó demasiado; tal vez no lo amara, pero lo deseaba y él la deseaba a su vez, una emoción que, como mínimo, era totalmente sincera.

La joven sintió una ráfaga de aire fresco cuando le quitó la blusa. Entonces, él comentó:

–Llevas una bonita cadena...

Aline tomó la fina cadena de oro y se la quitó.

–Ya no la llevo.

Jake no se movió, de modo que ella lo besó en un hombro, lo lamió y lo mordió con delicadeza. Él gimió de placer y por primera vez Aline asumió su propia capacidad para seducir, la certeza de que también ella tenía poder sexual.

–¿Estas segura de que quieres hacerlo? –preguntó él.

–Totalmente.

Jake la besó y le quitó el sujetador con un movimiento rápido, como si estuviera muy acostumbrado a hacerlo.

–Eres preciosa, perfecta para mí...

–Tú también eres muy atractivo, Jake, pero yo no soy perfecta. Solo soy una mujer.

–No, no eres solo una mujer. Eres más mujer de lo que ningún hombre podría desear o esperar.

Entonces, la besó.

Aline sintió pánico, pero la sensación desapareció enseguida cuando se inclinó sobre ella y besó sus senos. Después la tomó de nuevo entre sus brazos y la posó suavemente sobre la cama, mirándola con ojos brillantes.

Se quitó los pantalones y después hizo lo mismo con los de Aline. Había tanto deseo en los ojos de Jake que ella supo que estaba sintiendo un placer tan intenso como el suyo, pero segundos después, cuando sintió una mano entre sus piernas, se estremeció.

–No te haré daño –dijo él.

–Lo sé –susurró, al sentir sus dedos en el interior de su sexo.

Aline se arqueó, deseando que continuara, pidiendo más.

–Jake...

–Sí...

Jake se puso sobre ella y entró en su cuerpo con una fuerte acometida que los unió. Para entonces, Aline ya había perdido todo control y se dejó llevar mientras sus cuerpos se acomodaban entre sí. Comenzaron a moverse, primero lentamente y después con una intensidad creciente que la llevó hacia una tormenta de sensaciones.

Él gimió y aumentó el ritmo con tal ferocidad que el orgasmo de Aline fue aún mayor de lo que había imaginado. Después, se sintió dominada por una agradable y lánguida sensación mientras sentía el calor y el poder del cuerpo de su amante.

Aún jadeante, Jake se apartó, se tumbó a su lado y la atrajo hacia sí.

—Ahora, duerme —dijo.

Aline cerró los ojos. Y lo último que pensó, antes de dormirse, fue que Michael había muerto definitivamente para ella.

La luna aún brillaba en el cielo cuando despertó. Se quedó helada por la sorpresa, pero enseguida recordó lo sucedido, sonrió y se arqueó suavemente al pensar en lo que habían hecho.

Sin embargo, Jake no estaba a su lado. Sobresaltada, se sentó en la cama y tardó unos segundos en localizarlo; estaba en la terraza, mirando el mar, grande, dominante y solo. Le habría gustado apretarse contra su cuerpo, pero prefirió no hablarle en aquel momento. Se sentía frágil, desconectada de la vida real, del pasado y del futuro. Pensó que podía levantarse, tomar un vaso de agua en el cuarto de baño, regresar a la cama y hacerse la dormida.

Se incorporó con cuidado y caminó de puntillas hacia el cuarto de baño, sin encender ninguna luz. Una vez allí, llenó un vaso de agua y se lo bebió entero, pero solo sirvió para saciar su sed, no para aliviar el dolor de su corazón ni su inseguridad.

De vuelta en el dormitorio, miró de nuevo hacia la terraza y vio que había desaparecido. Ahora estaba en la playa, desnudo, todavía de espaldas a ella. La luz de la luna iluminaba su escultural cuerpo de tal modo que parecía un dios antiguo, un sueño físico hecho realidad.

Involuntariamente, dio un paso hacia la ventana. Pero tropezó con algo, cayó y sintió un fuerte dolor en la cabeza. Permaneció unos segundos en el suelo, intentando recuperarse, y después avanzó hacia la cama, se tumbó y se quedó dormida.

Capítulo 4

EL SUEÑO desapareció. Desolada y triste, hundió la cabeza en la almohada en un intentó por rechazar la luz del nuevo día.

Pero no funcionó. Segundos después, se incorporó y abrió los ojos.

El sol entraba por las ventanas abiertas, iluminando el enorme dormitorio, cuyos suelos eran exactamente del mismo color que la arena de la playa. Los ojos de Aline se llenaron de lágrimas mientras miraba el mar. Hasta entonces no lo había observado; pero tampoco se había fijado en el mobiliario de la habitación, ni en la playa.

Lentamente, giró la cabeza. Justo en su línea de visión se encontraban sus dos zapatos de tacón alto. Uno de ellos estaba tirado, a cierta distancia, como si le hubieran pegado una patada. O como si alguien hubiera tropezado con él.

Entonces sintió un movimiento y de repente se encontró cara a cara con un hombre de ojos dorados, muy atractivo.

–Buenos días –dijo él, con una sonrisa.

–¿Quién eres? –preguntó, asombrada.

El hombre la miró con sorpresa y el ambiente se cargó de tensión. Después, se sentó en la cama, revelando sus anchos hombros y su piel morena. Aline se odió por acostarse con desconocidos, pero se dijo que al menos tenía buen gusto.

–No sé si resignarme o enfadarme contigo –dijo él.

–¿Qué quieres decir? –preguntó ella, asustada porque no conseguía recordar nada de lo sucedido.

–Por tu expresión, cualquiera diría que anoche no fui precisamente un buen amante. Aunque tengo la impresión de que ni siquiera te importa lo que sucedió.

Los ojos de la joven se llenaron de lágrimas.

–¿A qué viene eso? –preguntó él, con ironía–. No hace falta que disimules y que te hagas la avergonzada, Aline, no es necesario.

Ella lo miró, sorprendida. El nombre de Aline no le decía nada, no lo reconocía.

–Estuviste casada, de acuerdo, pero anoche

me hiciste el amor apasionadamente —continuó él.

—¿Casada? —preguntó, atónita.

—Si te sientes culpable por haber traicionado a tu infiel Michael, te recuerdo que lleva muerto casi tres años. Es hora de que lo olvides.

—No lo comprendo... ¿quién eres tú? —repitió, desesperada.

—Ya basta, Aline, esa estrategia no va a funcionar. Soy el hombre con el que te acostaste anoche, el hombre con quien has dormido.

—No sé quién eres, ni siquiera sé quién soy yo... —declaró, aterrorizada—. No sé dónde estamos, no sé... Dios mío, no recuerdo nada.

Jake se levantó y cruzó la habitación. Ella pensó que era enorme; medía casi un metro noventa y no tenía ni un gramo de grasa en toda su anatomía. No lo recordaba, pero se excitó al pensar que la agradable sensación de su cuerpo, el sabor de su boca y el aroma de las sábanas eran síntomas inequívocos de que habían hecho el amor.

El hombre regresó minutos después, con una toalla negra alrededor de su cintura.

—Debí imaginar que te inventarías algo así —declaró él—. Pues bien, para tu información te diré que soy Jake Howard y que tú eres Aline Connor.

Aline frunció el ceño. No recordaba ninguno de los nombres, y fue algo tan terrible que se llevó las manos a la cara para taparse, para que no la viera nadie.

—Ya puedes dejar de jugar —dijo él—. Anoche me hiciste el amor con tus ojos, con tu boca, con tus manos y con todos los movimientos de tu elegante cuerpo. Anoche sabías muy bien lo que estabas haciendo. De hecho, me lo pediste tú. Si no te satisfice, dilo. No te escondas detrás de estrategias absurdas. Es demasiado tarde para arrepentirte. Tomaste una decisión.

—No recuerdo nada —susurró—. No recuerdo lo que pasó anoche. No recuerdo mi propio nombre, ni en qué trabajo...

—Oh, vamos, debes de estar realmente desesperada para intentar engañarme con algo tan increíble. Mira, aunque te arrepientas de lo sucedido, será mejor que recuerdes que me limité a tomar lo que me ofreciste apasionadamente. Y sé que te gustó, Aline. Tal vez ese sea el problema, ¿verdad? Me diste más de lo que querías y ahora te inventas una farsa porque te sientes humillada.

—No me he inventado nada, no estoy mintiendo.

—¿Y cómo puedes saber si mientes o no si has perdido la memoria?

–No lo sé...

–Parece que tienes una forma de amnesia muy selectiva –dijo, encogiéndose de hombros–. Está bien, no sé mucho del tema, pero tengo entendido que las amnesias se suelen producir por golpes en la cabeza.

Antes de que pudiera evitarlo, el hombre se acercó a ella y comenzó a comprobar su cabeza con sumo cuidado.

–Vaya, la herida que tienes es más grande de lo que recordaba... Pero tal y como dijiste anoche, no parece nada grave. Dime, Aline, ¿cómo se te ha podido ocurrir una idea tan tonta como simular amnesia? Dudo que un golpe tan leve como el de ayer te produjera una amnesia, así que solo podría ser el alcohol, pero me temo que apenas te tomaste una copa durante la fiesta del bautizo... lo sé porque te estuve observando. Es una costumbre que he adquirido últimamente. Tomaste una copa de champán y dos aquí, horas más tarde y durante la cena. Y nadie pierde sus recuerdos por eso.

Aline no dijo nada, así que Jake preguntó:

–¿Te duele la cabeza?

–Un poco –confesó.

–Tal vez es falta de sueño.

–No recuerdo cómo me golpee. No intento engañarte, es cierto.

–Comprendo. Puede que tu falta de memoria se deba entonces a un trauma emocional. A fin de cuentas fuiste una viuda fiel durante tres años, sin que aparentemente mantuvieras relación alguna con nadie. ¿O no fue así?

Aline estaba a punto de quebrarse.

–No consigo recordar...

–Pues recuerda esto. Tú quisiste venir a mi casa y después te empeñaste en ir más lejos.

La joven se tumbó de nuevo en la cama y se tapó porque seguía desnuda.

Avergonzada, se levantó envuelta en la sábana y salió por una puerta que daba al cuarto de baño y a un vestidor. En el vestidor había una bolsa de viaje; en cuanto la vio, sospechó que era suya, lo que demostraba que había tenido intención de quedarse allí al menos unos días. La abrió y buscó en su interior pero no encontró nada que le recordara su identidad y su vida.

Entonces, se dio cuenta de que en el vestidor no había ropa de hombre. Eso demostraba que no estaban en su dormitorio, sino posiblemente en una habitación para invitados. Y demostraba, también, que su amante decía la verdad: él no había organizado las cosas para acostarse con ella; no había planeado que compartieran su propia habitación.

Humillada, entró en el cuarto de baño y se miró en el espejo. Por suerte, reconoció su propia imagen y se sintió muy aliviada.

–Gracias a Dios... –murmuró.

Se quitó la sábana y se observó, desnuda. También recordaba su cuerpo. Conocía bien su piel blanca, sus largas piernas, sus pequeños senos y su estrecha cintura. Se examinó con detenimiento y llegó a la conclusión de que no había tenido hijos, hecho que la deprimió aún más.

Intentó recordar de nuevo, pero no lo conseguía, y el pánico la dominó cuando de repente tuvo la idea de que tal vez no recordara nunca su pasado. Cuando consiguió tranquilizarse de nuevo, se duchó.

Acababa de secarse con una toalla cuando vio un bolso y se alegró mucho. Si era suyo, podría averiguar bastantes cosas sobre su identidad con los objetos que llevara dentro. Por desgracia no contenía gran cosa. Había un par de tarjetas en las que pudo ver su firma, que no reconoció; algo de dinero y poco más. No encontró ninguna carta, ni fotografías. Al parecer, viajaba con poco equipaje.

Comenzó a vestirse y decidió que lo mejor que podía hacer era marcharse de allí, regresar a su casa e intentar averiguar más sobre su pasado.

Se arregló un poco y salió del cuarto de baño. Entonces vio que en el suelo del dormitorio había una cadena de oro.

–¿Qué haces en el suelo? –preguntó en voz alta.

Se inclinó, la recogió y se la puso sin pensárselo dos veces. Después salió de la habitación y se encontró con Jake.

–He preparado el desayuno –dijo él.

Entonces, Jake vio la cadena que se había puesto, se acercó a ella muy enfadado y se la arrancó del cuello.

–¿Qué tipo de mujer eres? No te entiendo. Llegas a mi casa y te quitas esa cadena para hacer el amor conmigo porque obviamente te la había regalado tu marido. Y lo primero que haces por la mañana es volver a ponértela. No lo hagas, Aline, eso forma parte del pasado.

–Yo no... Yo...

–Te deseo, Aline, pero no quiero ser el sustituto de un hombre que no puedes tener porque está muerto.

–Jake, quiero irme a casa...

Aline habló con tal inseguridad que Jake sonrió y le acarició una mejilla.

–No estés tan asustada, cariño. ¿No te demostré anoche que no tienes motivos para estarlo? Anda, ven conmigo, vamos a desayunar.

–De acuerdo.

Al llegar a la cocina, Jake preguntó:

–¿Cómo te gustan los huevos?

–No lo sé.

A Jake le sorprendió que una mujer tan inteligente y disciplinada se empeñara en engañarlo con un truco tan estúpido como simular amnesia.

–Entonces, los haré como los míos. Es decir, con la clara bien frita.

–Gracias.

–Ahí hay un tostador. ¿Crees que podrías introducir algunas rebanadas de pan en él? –preguntó–. Y por cierto, Aline, déjalo ya. Sé sincera. Si no quieres mantener una relación conmigo, dímelo.

–Me gustaría decir algo al respecto, pero no lo sé. No recuerdo si quiero mantener una relación contigo.

–Oh, olvídalo –dijo él, enfadado–. ¿Cómo quieres el café?

–No sé cómo suelo tomarlo.

Jake le sirvió un café con leche, confundido con la actitud de la joven. Sin embargo, pensó que tenía algo a su favor. Hiciera lo que hiciera, era evidente que lo deseaba. Aunque hubiera sido la mejor actriz del mundo, su cuerpo hablaba un idioma que entendía muy bien. La noche anterior se había entregado a él con una pasión desenfrenada.

Se dijo que era posible que se estuviera arrepintiendo de lo que habían hecho. Pero, en cualquier caso, no tenía intención alguna de ponérselo fácil para que lo olvidara.

Capítulo 5

JAKE dejó el café sobre la mesa y dijo:

—Tómatelo. Creo que lo necesitas.

Aline se sintió muy incómoda. De repente, la asaltó un intenso deseo hacia aquel hombre y no habría podido pronunciar una sola palabra aunque su vida hubiera dependido de ello.

Al menos, Jake ya se había vestido. Sin embargo, no resultaba menos poderoso sin ropa. Evidentemente era un hombre complejo; aunque se había burlado de ella porque no creía que su amnesia fuera real, no había intentado presionarla.

—Muchas personas prefieren desayunar con fruta y tostadas, pero sé que te gustan los huevos fritos con beicon —dijo él, mientras servía la comida.

—¿Es que hemos desayunado antes juntos?

—No tras una noche de pasión.

—¿Entonces, cuándo?

–En nuestros desayunos de negocios, Aline –respondió, con ironía–. Antes de cada ronda de negociaciones.

–¿Qué tipo de negociaciones?

–Altas finanzas. Estuvimos negociando una asociación con una comunidad de las islas Solomon para instalar un nuevo sistema agrícola y abrir una pequeña fábrica de cosméticos. Su gobierno contrató al banco donde trabajas para que se encargara de representarlo en las negociaciones.

Aline quiso interesarse más por aquel asunto, pero nada de lo que había dicho era personal, de modo que decidió que sería inútil. Sin embargo, ya sabía que trabajaba en un banco.

–Tienes una casa muy bonita –acertó a decir.

–Sí, el decorador hizo un gran trabajo, aunque yo habría preferido que fuera más cálida... Por cierto, quiero disculparme contigo por haberte arrancado la cadena. ¿Te he asustado?

–Sí, me has asustado.

–Lo siento, sé que me he excedido. Ha sido algo muy arrogante por mi parte.

–Desde luego.

Jake rio.

–¿Qué encuentras tan divertido? –preguntó ella.

–Todo este asunto de la amnesia. Déjalo, Aline, no sigas. Podemos arreglarlo sin necesidad de que te inventes historias.

–No me estoy inventando nada.

–Eres una cobarde... Pero no comes nada. ¿No quieres más?

Aline estaba tan alterada que no tenía hambre, pero pensó que sería mejor que comiera algo.

–Sí, por supuesto que sí. Todo tiene muy buen aspecto.

–Pues cómetelo, te aseguro que no lo he envenenado. Ya sabes, tomas el tenedor y el cuchillo, cortas los huevos, te llevas los pedazos a la boca y los tragas después de masticar.

–Sé cómo comer –protestó, irritada.

–Vaya, veo que tú también eres muy arrogante. Al parecer tenemos mucho en común.

Aline intentó concentrarse en el desayuno. Pensó que en otras circunstancias habría encontrado muy agradable la mañana; brillaba el sol, y podía escuchar los graznidos de las gaviotas y el suave sonido de las olas al romper en la playa. En cambio, se sentía muy tensa y sospechaba que la noche de amor tenía mucho que ver con ello. Ni siquiera sabía si había sido una experiencia dulce o apasionada, pero se dijo que sería mejor que pensara en algo menos problemático.

Entonces, vio que Jake había recogido un ramo de flores de color violeta, del arbusto que había junto a la terraza, y las había puesto en un jarrón.

–Son muy bonitas –observó.

–¿Cuál es tu flor preferida?

–No lo sé... ¿Y la tuya?

–Me gustan las gardenias. Son flores muy sensuales. Me encanta ese contraste entre el color recatado, su aroma casi pesado y la textura aterciopelada de los pétalos.

–Suena bien –dijo, porque no recordaba cómo eran.

–Anda, come más. Por tu aspecto, cualquiera diría que no has comido en mucho tiempo.

–¿Estoy demasiado delgada?

–No. Me refería a ese aire de fragilidad que forma parte de ti.

–Pues me siento fuerte como un caballo.

Cuando terminaron de comer, Jake limpió la mesa y la miró con el ceño fruncido.

–Aún sigues pálida. Vamos a dar un paseo. Pero no te preocupes, no te tocaré.

–Sí, es una buena idea.

–¿Has decidido ya que te puedes fiar de mí?

–Bueno, hasta el momento no tengo razones para pensar lo contrario –respondió.

–Me siento aliviado...

Salieron de la casa y bajaron la escalera que llevaba a la playa. Decidida a no mirar al hombre que la acompañaba, clavó su mirada en el mar mientras caminaban por la arena. Entonces, tropezó en algo duro y estuvo a punto de caer, pero Jake la sostuvo.

–Estoy bien –dijo ella.

–¿Seguro?

–Sí. Es que los zapatos resbalan en la arena. Será mejor que me los quite.

–Te los quitaré yo.

Aline quiso protestar, pero Jake se inclinó antes y se los quitó.

–Gracias...

–De nada –dijo, mientras se quitaba su propio calzado.

–Jake... ¿de quién has heredado esos preciosos ojos que tienes?

–De mi madre.

–No recuerdo haber conocido a nadie que tuviera unos ojos como los tuyos.

–Son ojos de gato –bromeó–. ¿Y tú, de quién has heredado los tuyos?

–De mi padre.

Aline se sorprendió de su propia respuesta. Lo había dicho sin pensar, pero comprendió que con ese tipo de contestaciones no conseguiría convencer a Jake de que la amnesia fuera real.

–¿De tu padre? Al principio pensé que llevabas lentillas para intensificar el color.

–¿Y por qué iba a hacer algo así?

–Para impresionar. Aunque enseguida comprendí que no te importa el efecto que tienes sobre los hombres. Siempre vistes de forma muy elegante, pero de un modo que deja bien claro que no quieres atraer a nadie.

Aline se puso tensa, a la defensiva.

–Sin embargo, me maquillo...

–Cierto. Lástima que lo hagas de forma excesivamente sutil y contenida. Se nota que no quieres resultar sensual. Vayas donde vayas, es como si llevaras un letrero de prohibido el paso.

–¿Por eso me deseas? –preguntó, enfadada–. ¿Porque no soy fácil?

–Cuando era un adolescente daba mucha más importancia al aspecto externo de la gente. Como todo el mundo, supongo. Pero no tardé mucho en comprender que las apariencias no son buenas consejeras. Y a medida que te fui conociendo, supe que eras una mujer extremadamente sensual.

–¿Es eso verdad? Entonces, dime una cosa, ¿cómo me comporté en...?

Aline se arrepintió de haber comenzado la frase. Sin embargo, no tenía sentido que se engañara a sí misma; estaba muy interesada en aquel hombre, totalmente centrada en él, y quería saber lo que había sucedido si era cierto que se habían acostado.

—¿Te refieres a cómo te comportaste anoche? De forma abierta y ardiente. Eres muy apasionada, Aline. Me convenciste definitivamente de ello. Pero no te asustes... también eres sensible y maternal. Por ejemplo, te gustan los niños. Ayer, en el bautizo de Emma, estuviste cuidando de ella durante media hora.

—Me alegra saberlo...

—Pero volviendo al tema, anoche disfrutaste tanto como yo.

—¿Desde cuándo nos conocemos?

Jake la miró como si empezara a estar cansado de todo aquello, pero respondió de todos modos.

—Lo sabes de sobra. Desde hace un par de meses.

—¿Conozco a tu madre?

—No. Ella murió cuando yo tenía ocho años.

—Oh, lo siento...

—Han pasado veintisiete años desde entonces.

–Tal vez, pero debió de ser muy duro para ti. Eras muy pequeño.

–Sí, fue muy duro.

Jake se inclinó, recogió una piedra de la arena y la arrojó al mar. La piedra rebotó varias veces en la superficie hasta que finalmente se hundió.

–Buen tiro –dijo ella.

–Mi padre me enseñó a lanzar piedras al agua. Un par de años después de la muerte de mi madre, se casó de nuevo. Era una mujer encantadora y afectuosa, pero muy joven. Quería disfrutar de la vida y no le agradaba la idea de cuidar de un niño de diez años, así que me enviaron a un internado.

–Qué cruel...

–No creas, me divertí mucho. Pero no sientas pena de mí, Aline; yo no la siento de ti. Sé que mi padre me amaba y que mi madrastra se comportó tan bien como supo. Aún somos buenos amigos.

–De todas formas, nadie debería enviar a un niño a un internado.

Siguieron caminando unos segundos en silencio. Entonces, Aline distinguió la silueta de un elegante velero de tres palos en el mar.

–Qué bonito es... ¿Adónde irá?

–Creo que es un barco de regatas. Por su

aspecto, yo diría que se trata de «El espíritu de Nueva Zelanda». Seguramente está haciendo prácticas entre esta isla y la isla principal. Cuando llegue a ese punto de allí, dará la vuelta y regresará a Auckland.

–¿La isla? –preguntó ella, sorprendida–. ¿Es que estamos en una isla?

–Claro que sí, ya lo sabes –respondió, frunciendo el ceño.

–No recuerdo nada sobre una isla.

–Pensaba que no recordabas nada en absoluto –se burló.

–Recuerdo algunas cosas, de vez en cuando, pero solo son retazos que desaparecen. ¿Cuánto tiempo pensamos quedarnos aquí?

–Una semana.

Aline negó con la cabeza.

–No, he cambiado de idea. Tengo que volver a casa.

–No tenemos ningún medio para salir de la isla...

–¿Cómo? Seguro que tienes un barco.

–Oh, basta, Aline, sabes que llegamos en helicóptero. Y no, no tengo barco. Ni siquiera tengo un simple bote.

–Entonces, me iré nadando –afirmó, desesperada.

–¿Cómo sabes que puedes nadar? –preguntó con desconfianza.

–No lo sé, pero lo descubriré. Déjame en paz, maldita sea...

–Tendrías que cubrir cinco millas marinas a nado. Y, por si fuera poco, las corrientes del golfo son muy peligrosas. Será mejor que no lo intentes, Aline.

–No pretendo...

–Si quieres morir –la interrumpió–, no lo intentes cuando yo esté cerca.

–¡No quiero morir!

–Te aseguro que si intentas hacer algo estúpido cuando yo esté cerca, haré lo posible por mantenerte a salvo.

Jake la tomó por la muñeca y Aline sintió que un intenso fuego se encendía en su interior. Podía sentir sus propios latidos, acelerados, y la fuerza y el poder de aquel hombre. Entonces supo que el sabía que lo deseaba.

–Prométeme que no intentarás cruzar a nado.

–Descuida, no arriesgaré mi vida.

–Quiero que me lo prometas, Aline –insistió.

–De acuerdo, te lo prometo. No lo intentaré. ¿Satisfecho?

Jake la soltó.

–Está bien, Aline, pero te vigilaré.

–Y dime una cosa, ¿qué vamos a hacer aquí durante toda una semana?

–Necesitas unas vacaciones. Has estado trabajando demasiado. Pero no me mires así, no estoy interesado en mujeres que no me aprecian.

–¿Y por qué debería creerte? –preguntó–. Por lo que sé, anoche pudiste drogarme echando algo en mi copa. Esas cosas suceden.

Jake no se movió. Se limitó a mirarla y la joven tuvo la impresión de que el tiempo se había detenido y el sol se había apagado.

–Ciertamente, todo es posible –dijo, al fin–. Pero las marcas que tengo en mi espalda me las hiciste tú. Y están en mi espalda, no en mi cara y en mi pecho, como tal vez habría sucedido si hubiera intentado violarte y te hubieras resistido. Además, no conozco ninguna droga que sea al mismo tiempo afrodisíaca y provoque amnesia. ¿Y tú?

Aline se ruborizó y apartó la mirada.

–No. Pero, ¿sigues sin creer que he perdido la memoria?

–Lo estoy considerando.

–Debes creerme. ¿Por qué haría algo tan estúpido como eso si no fuera cierto?

–Se me ocurren varias razones. Por ejemplo, que ya no estés tan segura sobre la posibilidad de mantener una relación conmigo.

–Si hubiera cambiado de opinión, te lo diría. No me inventaría una mentira estúpida.

Jake arqueó las cejas.

–Tiene que haber alguna forma de salir de esta isla... –continuó ella.

–No la hay.

–Pero podrías pedir que vinieran a buscarnos.

–¿Por qué?

–No lo sé. Sería útil en caso de urgencia. Si alguien se hiciera daño o algo así... todo el mundo tiene un teléfono móvil.

–Cierto, y yo tengo uno. Pero la señal no es muy buena. Esta mañana intenté llamar y no lo conseguí.

–¿Y no tienes ordenador, ni correo electrónico?

–No, nada. Dijiste que querías estar lejos de todo y ahora estás atrapada conmigo, Aline. Así que, ¿qué piensas hacer al respecto, cariño?

–No me llames así.

–¿Por qué? Anoche no te importó.

–¡No recuerdo lo que sucedió anoche, maldita sea!

–Lo recuerdes o no, sucedió. Hiciste el amor como si llevaras años deseándolo, como una gata salvaje. Si no significó nada para ti, ¿por qué te molestarías en darle tanta importancia?

–Porque eres un desconocido para mí. No quiero dormir con personas que no conozco –espetó, intentando controlarse–. Puede que fuera una aberración, algo de lo que me arrepienta. Tal vez eso explique que esta mañana me despertara sin recordar nada... Pero sea como sea, no pienso repetirlo.

–Muy bien. En ese caso, y dado que ninguno de los dos puede marcharse de la isla, sugiero que abandones esa actitud agresiva, que te comportes como un ser humano normal con sus necesidades y deseos, y que disfrutes de unas vacaciones lejos de los teléfonos, los ordenadores y los periodistas.

–Parece que no tengo otro remedio.

–No te lo tomes tan mal. Tómatelo como una magnífica oportunidad para descansar.

–¿Y qué vamos a hacer? ¿Discutir?

Jake la miró con ironía.

–Puedes leer libros o nadar cuando yo esté cerca. Hasta podía enseñarte a cocinar, si quieres. Pero a juzgar por tus ojeras, lo que más necesitas es dormir. ¿Por qué no nadas un poco y luego te echas una siesta? Hemos desayunado tarde, así que podríamos comer cuando despiertes.

–Sí, tienes razón, darse un baño sería una buena idea.

Cuando regresaron a la casa, Aline se puso su bañador. Era muy pequeño y remarcaba sus senos y sus piernas, pero se puso una toalla azul alrededor de la cintura para salir sin llamar demasiado la atención.

El teléfono comenzó a sonar en ese instante, pero nadie respondió; era un síntoma evidente de que Jake no estaba en la casa. Entonces notó que algo se movía en la bahía y lo vio. Estaba nadando y no pudo evitar admirar su cuerpo. Era un hombre físicamente impresionante, inteligente y decidido.

Justo en aquel momento distinguió la silueta de un yate que surcaba el mar a escasa distancia de la costa. Se dijo que podía hacer señales para llamar su atención y, sin pensarlo dos veces, se quitó la toalla y comenzó a agitarla, desesperadamente.

Capítulo 6

LA TRIPULACIÓN del yate la saludó antes de virar en redondo y trazar rumbo de vuelta hacia la isla principal.,

Aline se sintió muy decepcionada, de pie en la playa mientras Jake salía del agua, mojado e iluminado por el sol, todo músculos y energía. En cuanto lo vio, la decepción de la joven se transformó en una descarga de adrenalina y en un deseo incontrolable.

Jake la había visto en cuanto salió de la casa y había nadado a toda velocidad hacia la orilla, empujado por un instinto territorial, pero el esfuerzo no había eliminado su hambre de ella. La había deseado desde el principio, desde que la vio por primera vez y pensó que aquellos senos ocultos bajo sus blusas de seda serían tan receptivos como parecía prometer su sensual boca.

La noche anterior había descubierto que era una mujer apasionada, salvaje y más exigente de lo que jamás habría supuesto.

–Estamos atrapados –dijo, mientras se acercaba.

–¿A qué te refieres?

–A que tú estás tan asustada de mí que te has inventado una amnesia y que yo estoy tan excitado que casi resulta indecente –respondió–. Me temo que hemos vuelto al punto en el que estábamos hace varios meses, cuando nos vimos por primera vez en una sala de reuniones.

Aline mantuvo su mirada durante unos segundos. Acto seguido, se dio la vuelta y se alejó hacia el agua dejando caer la toalla sobre la arena.

Jake maldijo la situación en silencio y la observó mientras la joven se arrojaba al mar y comenzaba a nadar con elegancia. Estaba asustada y quería huir de él, pero no estaba dispuesto a permitirlo.

Aline nadó hasta el agotamiento. Jake estaba sentado en la terraza de la casa, y aunque parecía concentrado en la lectura de un libro, ella no se dejó engañar. Sabía que la estaba observando.

De vuelta a la orilla, se tumbó en la toalla, de espaldas al edificio, para tomar el sol.

Poco después oyó la voz de Jake.

–Si tomas demasiado el sol, te quemarás.

–Volveré a la casa enseguida.

–No, será mejor que lo hagas ahora mismo.

–Vete al infierno, Jake.

Aline se levantó y pasó a su lado sin mirarlo siquiera, toda digna. Cuando llegó a la casa, se duchó, se vistió y quitó las sábanas de la cama donde habían dormido. Después, salió a la terraza y vio que Jake estaba tumbado boca abajo, aparentemente contemplando el mar o dormido.

–¿Jake?

–¿Sí?

–¿Dónde hay sábanas limpias para hacer la cama?

–En el armario del corredor. Y si quieres lavar algo, la lavadora está en la cocina. ¿Puedo ayudarte?

–No, gracias.

Aline metió en la lavadora las sábanas sucias y la ropa que había llevado el día anterior. Después, abrió el armario del pasillo, sacó sábanas limpias y se dispuso a hacer la cama con energía, como si con ello pudiera exorcizarlo. Entonces, alguien llamó a la puerta del dormitorio. Era Jake, naturalmente, que la estaba mirando desde el umbral.

–¿Qué quieres? –preguntó ella.

–Pensé que tal vez querrías algo de beber. Voy a preparar café.

–Gracias, no me importaría tomar un té. Y después, creo que saldré a dar un paseo.

–Por supuesto, por qué no.

Después de poner agua a calentar para hacer el té, Jake se acercó de nuevo y le mostró el pasillo que llevaba al resto de las habitaciones. Las paredes estaban cubiertas por estanterías llenas de libros.

–Tienes una magnífica colección –murmuró ella.

–Mis intereses son bastante amplios. Y según creo, los tuyos también. ¿Dónde vas a ir a pasear? Si tienes intención de ir al otro lado de la isla será mejor que salgamos en seguida para que la marea no nos deje incomunicados, a no ser que no te importe volver sobre tus pasos.

–No es necesario que vengas conmigo.

–No, pero te vendría bien un guía.

–Es cierto, gracias.

–De nada.

En aquel instante, Aline tuvo la impresión de que aquella semana se le iba a hacer más larga que siete años.

Tomaron el té en el muelle. La joven intentó disfrutar de la calidez del día, del océano y del olor de las plantas y del mar.

–¿Tienes un sombrero o una pamela? –preguntó él.

–Sí.

–Si vamos a salir a pasear, deberías ponértelo.

–Entonces iré a buscarlo.

Cuando Aline regresó de la casa, Jake preguntó:

–¿Quieres que vayamos por la costa, o por la montaña?

–Por la montaña –respondió, sin pensar.

–¿Quieres comprobar que realmente estamos en una isla? –preguntó con sarcasmo.

–Por supuesto –sonrió.

–Muy inteligente. Una de las cosas que más me gustan de ti es tu inteligencia.

–Por un momento he creído que ibas a decir que te gusto porque pienso como un hombre.

–¿Es que te han dicho alguna vez algo parecido?

–Sí.

–Y supongo que no te gustó...

–No se puede decir que sea un cumplido –comentó, mientras avanzaban hacia los árboles que cubrían la pequeña montaña–. En cierto sentido, implica que las mujeres no piensan adecuadamente.

—Aline, a mí no tienes que decirme esas cosas. En mi empresa trabajo con muchas mujeres y las valoro igual que a los hombres, por la labor que realizan. Pero ten cuidado al caminar... el camino no es muy bueno.

—¿Te parece que esto es un camino? Yo diría que no llega ni a la categoría de sendero.

—En invierno, lo es. Y da gracias a que no ha llovido en dos días, porque si no sería impracticable. Pero, descuida, yo te agarraré si resbalas.

—No resbalaré.

Comenzaron a subir por la montaña. Jake iba detrás y se excitó mucho con la visión de la parte posterior de su anatomía. Tuvo que hacer un esfuerzo para no tocarla. Deseaba hacer el amor con ella una y otra vez hasta que renunciara a aquella estupidez de la amnesia y aceptara lo sucedido entre ellos.

La noche anterior había perdido el control por completo y cuando la miraba se sentía como si fuera un adolescente. Al menos, y a pesar de todos sus trucos, era evidente que lo deseaba tanto como él a ella. Sabía que tal vez había cometido un error al dejarse llevar por el deseo, pero no había sido capaz de resistirse a sus encantos.

Ni siquiera estaba seguro de que la historia de la amnesia fuera falsa. En parte, porque deseaba que no le estuviera mintiendo. De todas formas y por improbable que fuera, cabía la posibilidad de que el golpe que se había dado el día anterior, o incluso el impacto emocional de lo sucedido, le hubiera provocado una pérdida de memoria.

Cuando llegaron a lo alto de la montaña, Aline se detuvo para aspirar el aroma de las flores y de las hierbas del campo.

—Me encanta este olor —dijo.

—Sí, es muy agradable. Pero pensé que solo querías venir aquí para comprobar que efectivamente estamos en una isla.

Aline se maldijo por haber olvidado el motivo del paseo y miró a su alrededor. Jake no había mentido. Estaban en una isla. Podía ver varios barcos en la distancia e incluso la silueta de la península de la isla principal, cubierta de casas.

—¿Satisfecha?

—Sí, no se puede negar que esto es una isla. ¿Dónde estamos?

—Aquella tierra que se ve al fondo es la península de Whangaparoa. Tú vives al sur, al lado opuesto. Keir y Hope también viven allí... ya sabes, tu jefe y su esposa, con su hija Emma, la que bautizaron ayer.

–Ah, claro...

–Pero lo sabes de sobra.

–¿Podemos bajar a la playa desde aquí?

–Si seguimos caminando hacia el valle, sí. Pero la marea subirá en media hora, así que tendremos que darnos prisa.

–No soy una frágil florecilla. Además, esta isla no parece tan grande como para que una caminata me agote.

–Si tú lo dices...

Mientras caminaban hacia la playa hablaron de cosas intrascendentes. Aline no tardó en admitir que Jake tenía razón. La isla podía ser pequeña, pero estaba agotada cuando por fin llegaron a la casa.

–¿Te encuentras bien? –preguntó él.

–Sí, desde luego. Es una isla preciosa. ¿Desde cuándo es tuya?

–Hace ciento cincuenta años había una mina de cobre al otro lado, pero el mar se introdujo en los túneles. El primero de los Howard la compró, construyó una casa y se estableció aquí, donde crio con su esposa a ocho hijos.

–Debía de ser una vida muy solitaria...

–¿Con ocho hijos?

Aline rio y lo miró, pero Jake se había quedado muy serio.

–¿Qué hecho mal ahora? –preguntó ella.

–Nada. Es que me gusta tu risa. Es muy bonita... Por cierto, ¿sabes que tus ojos se ponen verdes cuando te enfadas?

–Gracias, aunque no creo que realmente cambien de color.

–Pues créelo. Se ponen de color verde y adquieren un brillo peligroso. Cuando te conocí me gustó mucho tu voz, pero siempre la controlas. Esta es la primera vez que te oigo reír de ese modo...

–No puede ser.

–Confía en mí, tengo buena memoria. Durante unos segundos has parecido tan joven y libre...

–La mayoría de la gente parece joven y libre cuando ríe.

–Tal vez tengas razón. Pero vamos a la casa y podremos comer algo.

Comieron pollo, ensalada, queso y fruta. Después, tomaron un café en el exterior del edificio, y cuando Jake notó su cansancio, dijo:

–Ve a echarte una siesta.

–No me apetece. Parece una cosa de viejos...

–No digas tonterías. Es una costumbre muy sensata, pero si quieres quedarte, duerme aquí. Me divertiré viendo cómo duermes.

–No, gracias, creo que estaré más cómoda si estoy sola. Además, es posible que ronque –afirmó.

–Bueno, a veces haces unos sonidos muy interesantes, pero yo no los llamaría ronquidos –bromeó.

Aline abrió la boca para decir algo ocurrente. Sin embargo, no se le ocurrió nada apropiado.

–Escucha –continuó él–. Con o sin memoria, no podemos escapar de lo que ha pasado entre nosotros. Anoche hicimos el amor y te dormiste entre mis brazos con total confianza.

Aline miró sus manos, en silencio, y se estremeció al pensar que la habían tocado de forma íntima.

Capítulo 7

ME DESEAS casi tanto como yo a ti
–afirmó Jake, sonriendo–. Y no me
mires de ese modo. Puedo controlar
mi libido. Te aseguro que no pienso arrojarme
sobre ti y violarte en mitad de la noche.

–No quiero lo que está pasando entre nosotros –murmuró ella.

Jake apoyó una mano en la pared, bloqueán-
dole el camino. Aline lo miró con desafío y él
acarició una de sus mejillas y ascendió hacia
su lóbulo.

–Tienes unas orejas muy bonitas. Un día,
cuando recobres la memoria, te compraré dos
pendientes de diamantes y te haré el amor
mientras los lleves puestos. Pero no llevarás
puesto nada más.

Aline se dirigió al dormitorio, se puso una
camiseta y se tumbó en la cama, pero no podía dejar de pensar en Jake, en el aroma de su

piel, en sus músculos, en el misterio de sus inescrutables ojos y en su cabello negro.

Se sentía sumamente frustrada. Ni siquiera sabía por qué no podía recordar. Jake había dicho que había enviudado, pero no tenía ni un solo recuerdo del hombre con el que había estado casada.

—Soy Aline Connor —se dijo en voz alta, como intentando convencerse.

Al cabo de un rato, se durmió. Despertó más tarde, cuando aún era de día, y vio que Jake estaba en el umbral.

—¿Qué quieres?

—Me has llamado. Pensé que tenías una pesadilla y que estabas hablando en voz alta.

—No era una pesadilla, pero gracias por haber venido a despertarme.

Jake la miró y frunció el ceño. Que estuviera en aquella habitación podía ser útil para obligarla a recordar que habían hecho el amor de forma apasionada, pero si realmente tenía amnesia, no serviría de gran cosa. Por primera vez, lamentó que el teléfono móvil no funcionara. Por ilógico que resultara, cabía la posibilidad de que estuviera diciendo la verdad. A fin de cuentas se había golpeado en la cabeza el día anterior.

Por otra parte, sabía de su intensa lealtad

hacia Michael Connor e imaginaba que el descubrimiento de que la había traicionado con Lauren podía haberle provocado la pérdida de la memoria. Y, por si fuera poco, aún existía otra posible razón: el dinero.

Cuando le había preguntado a Tony Hudson sobre el fondo de caridad de Connor, el hombre respondió que Aline no trabajaba mucho en ello, aunque estaba bien informada porque era muy amiga de Peter Bournside, el director del fondo. A Jake no se le había escapado el tono de sospecha de Tony, y la suma del fondo era tan elevada que Aline podría vivir el resto de su vida sin trabajar si conseguía hacerse con él.

–Deja de mirarme como si llevara algo sucio –protestó Aline.

–Si crees que te miro de ese modo, te equivocas.

–Márchate, por favor.

–¿Es cierto que no has tenido una pesadilla?

–Bueno, no exactamente. He soñado que estaba buscando algo, intentando abrir puertas que no se abrían. Y sabía que tenía que encontrarlo porque no sabía dónde vivía ni quiénes eran mis amigos.

–No te preocupes, ya ha pasado...

–No sé quién soy, Jake, ni quién eres tú. En cambio, recuerdo el nombre del primer ministro y dónde está Australia. Pero no recuerdo nada sobre mí. Toda mi vida parece haber desaparecido.

–Mírame.

–¿Por qué?

Jake tomó suavemente su cara y la obligó a mirarlo.

–No recuerdo al hombre con el que me casé, y debería hacerlo –continuó ella–. Quiero volver a casa. Creo que lo recordaré todo si vuelvo a casa.

–Lo dudo. Tu casa es como la celda de una monja. No hay personal en ella.

–Pero, ¿me crees al menos?

Jake sonrió con ironía.

–¿Que si creo que has perdido la memoria? Sí, aunque solo sea porque sé que preferirías morir antes que mostrarte débil ante mí.

–¿Tan fría soy?

–No, fría no, pero te gusta controlar las cosas y eres extremadamente astuta.

–Si supiera por qué he perdido la memoria, tal vez la recobrara. ¿Dijiste que me habían dado una mala noticia?

–Sí. Ayer te contaron que tu esposo te había estado traicionando con otra mujer.

–Oh...

Los dos permanecieron en silencio un buen rato. La brisa del mar acariciaba las pálidas mejillas de Aline, que intentó analizar lo que acababa de escuchar. Pero su mente seguía en blanco y sus ojos se llenaron de lágrimas.

–No recuerdo nada, no siento nada al respecto –afirmó, mientras se secaba las lágrimas con las palmas de las manos.

–Ayer sí lo sentiste.

–¿Tanto como para perder la memoria?

–Puede ser. Sobre todo si tenemos en cuenta que además te acostaste conmigo. Pero supuse que necesitabas algo de cariño.

–Haces que suene horrible, como si yo te hubiera utilizado...

Jake rio.

–Bueno, es posible que empezara de ese modo, pero no terminó así. No sé si mi reacción te consoló. Sin embargo, es evidente que después eras muy consciente de lo sumamente deseable que eres. Fue una de las experiencias más hermosas de mi vida.

–Entonces, me divertí...

–Por supuesto.

–De todas formas, hacer el amor contigo no justifica que haya perdido la memoria. No tendría sentido.

–Eres una mujer muy apasionada en el fondo. Es posible que la combinación de lo sucedido con Michael y tu deseo por otro hombre resultara demasiado dura para ti.

–Por lo que dices, yo diría que el motivo de la amnesia es el descubrimiento de la infidelidad de mi difunto marido.

–Puede ser.

Aline lo miró. Por duro y enigmático que resultara, también era encantador a su manera. Además, sabía que si había decidido hacer el amor con él la noche anterior sería por algo.

–Jake...

–¿Sí?

–Hazme el amor. Ahora.

–¿Por qué?

–Porque no puedo mirarte sin desearte. Tú eres lo único que ha evitado que sufra un ataque de pánico. Sin ti a mi lado, no sé qué me habría sucedido. Además, no recuerdo lo que pasó anoche y quiero hacerlo.

El mundo de Aline había desaparecido por completo y sabía que solo se sentiría segura entre sus brazos. Jake la observó y pensó que debía andar con cuidado para no empeorar la situación. Pero, por otra parte, la deseaba tanto que no se podía negar; especialmente si lo miraba con aquella mezcla de pasión y temor.

—¿Jake? —preguntó, en un susurro.

—¿Estás segura de que quieres hacerlo?

—Sí. No recuerdo mucho sobre mi vida, pero reconozco el deseo cuando lo siento. Y quizás...

—¿Quizás?

—Tal vez recobre la memoria si volvemos a hacer el amor. Pero, de todas formas, esa no es la razón principal.

Jake estaba más excitado que en toda su vida. Por otra parte, sabía que Aline estaba siendo totalmente sincera y la quería tanto que estaba dispuesto a hacerle el amor de todas las formas posibles.

La joven lo observó con las pupilas dilatadas mientras Jake se desnudaba, y cuando se tumbó a su lado y le quitó la camiseta, se dejó llevar. Él se inclinó y lamió sus senos, mientras la acariciaba por todo el cuerpo. Tal vez hubiera perdido sus recuerdos, pero su cuerpo sabía lo que tenía que hacer, sabía dónde debía tocarlo para excitarlo más, sabía la reacción que provocaba cuando se arqueaba contra él, y cuando llegó al orgasmo, supo que estaba hecha para aquel momento y para aquel hombre.

Ella gritó, dominada por la poderosa sensación, pero él no se detuvo; en lugar de eso, aceleró las acometidas y volvió a llevarla al orgasmo justo cuando él mismo alcanzó el clímax.

Estuvieron un buen rato tumbados en la cama, sin decir nada, hasta que él preguntó:

—¿Te encuentras bien?

—Sí.

—¿Sigues sin recordar nada?

—Nada en absoluto, pero no importa.

Jake la besó y se levantó.

—Cuando vine antes para ver por qué habías gritado, estaba intentando arreglar el generador. Si me das diez minutos, podrás ducharte.

Aline suspiró y se relajó. Su cansancio había desaparecido tras la potente vitalidad de Jake.

Se preguntó con cuántas mujeres habría compartido aquella cama y sintió unos intensos celos. Pero sabía que no tenía derecho a sentirse de ese modo. Era obvio que Jake conocería a muchas mujeres y que le gustaría disfrutar con algunas de ellas. Además, debía sentirse agradecida a sus predecesoras; gracias a ellas, había mejorado las artes amatorias de las que ahora gozaba.

Pero, a pesar de todo, volvió a sentirse dominada por la desesperanza. Quería recordar y no podía.

El sol estaba a punto de ponerse cuando salió del dormitorio. Jake estaba en la cocina. Acababa de llenar dos copas.

—Es tu champán preferido —dijo.

—Gracias.

—No está envenenado, te lo aseguro. Y no he echado ninguna droga en el contenido.

—Oh, vamos, no puedes culparme por decir lo que dije.

—No, pero no es tan mala idea. Sin embargo, no es mi estilo.

—¿Te puedo ayudar en algo?

—Me temo que no sabes cocinar muy bien.

—No, pero puedo pelar patatas.

—Muy bien —sonrió—. Entonces, pélalas.

Aline se divirtió mucho trabajando en la cocina. El trabajo le vino bien para no pensar en sus múltiples problemas, pero sobre todo se sentía segura y a salvo en compañía de Jake.

Al cabo de unos minutos oyeron el inconfundible sonido de una motora que se acercaba. Segundos después, los tripulantes apagaron el motor y echaron el ancla.

–¿Son amigos tuyos? –preguntó ella.

–No.

–Voy a ver qué quieren. Quédate aquí.

–¿Por qué?

–Porque pienso decirles que se larguen.

–¿Puedes hacerlo?

–Por supuesto. La isla es mía, y si tienen un mapa saben muy bien que es propiedad privada y que no pueden entrar sin permiso.

Jakc salió y se dirigió hacia los dos hombres que habían descendido de la motora. Entonces, Aline cayó en la cuenta de que tal vez pudieran llevarla de vuelta a casa y lo siguió. Al verlos, pensó que tenían aspecto de ser buena gente; parecían mucho menos peligrosos que su amante.

Notó que Jake parecía más tenso de lo normal, pero a pesar de todo avanzó hacia ellos. Los dos hombres lo notaron y Jake se giró y la miró de tal forma que la joven supo que debía volver al interior de la casa.

Uno de los recién llegados sacó una cámara de la lancha motora.

–Márchense –ordenó Jake.

–¡Aline! –gritó el segundo de los hombres–. ¡Espere! Solo queremos hablar con usted para que nos cuente su versión de la historia. Estamos informados de que ha mantenido una relación muy intensa con Peter Bournside. ¿Sabe que se ha marchado del país? Al parecer falta una fuerte suma del fondo de caridad de su difunto esposo. ¿Tiene idea de qué ha podido suceder?

En aquel momento, Jake empujó al hombre que llevaba la cámara y el aparato cayó al mar.

—Oh, vaya, lo siento.

—¿Por qué diablos ha tirado la cámara? —preguntó uno de los periodistas con incredulidad—. Tendrá que pagarla.

—Envíeme la factura —dijo, aburrido.

Los dos hombres quisieron seguir a Aline, pero Jake se interpuso. La conversación se hizo más violenta, pero enseguida quedó claro que los periodistas no se atreverían a enfrentarse a él.

Por fin, el más bajo de los dos le dijo algo a Jake que no debió de gustarle demasiado, porque apretó los puños con fuerza. Los dos hombres comprendieron que estaban en peligro, regresaron a la motora y se alejaron, aunque no sin grabar con la cámara a medida que desaparecían en la distancia.

Jake regresó de inmediato a la casa.

—Te dije que te quedaras dentro.

—¿Qué ha pasado? ¿Por qué querían hablar

conmigo? ¿Qué es eso que han dicho del dinero? ¿Y quién es Peter Bournside? –preguntó, avergonzada e irritada al tiempo.

–Es el director ejecutivo del fondo de caridad de tu difunto marido.

Aline frunció el ceño.

–¿Y de qué estaban hablando? ¿Qué tengo yo que ver con eso?

–Nada, que yo sepa.

–En ese caso, ¿por qué iba a interesarme que se haya marchado del país?

–Eso mismo me pregunto yo. Pero entremos en la casa. Me sentiré más seguro si estás dentro. Tuve que amenazarlos para librarme de ellos, y no me sorprendería que anclaran en otra playa y que intentaran grabarnos desde la montaña.

Aline no se movió, así que Jake la tomó de un brazo y la obligó a entrar.

–No entiendo nada, Jake. Es obvio que querían hablar conmigo y que eran periodistas. ¿Qué está pasando?

–Te diré lo que está pasando. Los medios de comunicación te persiguen. Alguien ha escrito un libro sobre Michael Connor, lleno de insinuaciones y rumores. Esos tipos querían entrevistarte y no serán los últimos. Si descubren que has perdido la memoria, será todavía peor... Y supongo que no quieres eso.

–No, desde luego que no. Pero, ¿qué te han dicho? ¿Qué hay en ese libro para que quieran hablar conmigo?

–No lo he leído, así que no lo sé.

Aline notó que le estaba ocultando algo, pero le bastó una mirada a sus ojos para comprender que no pensaba decírselo.

–Uno de ellos mencionó algo sobre dinero, como si yo supiera dónde puede estar. Si no tengo nada que ver con ese fondo, ¿por qué quería preguntarme al respecto?

–No lo sé, Aline –respondió, mirándola.

–Bueno, sea lo que sea me enfrentaré a ello –dijo, con evidente ansiedad.

–Estoy seguro. Lo haces con todo –declaró él, en tono neutro.

–No hay más remedio que enfrentarse a la vida. O te enfrentas a ella, o te atropella. Cuando recobre mi memoria, nunca volveré a quejarme de los malos recuerdos. Les estaré agradecida por terribles que sean. No tener recuerdos es horrible. Como estar en un túnel sin ningún lugar a donde ir ni al que aferrarse.

–Se pasará, ya lo verás. ¿Te encuentras bien? Estás pálida.

–Estoy bien. Pero me gustaría saber si... oh, bueno, supongo que lo averiguaré pronto.

–Supongo que sí –dijo, de forma enigmática–. En fin, ¿te gustaría poner la mesa para cenar?

Jake parecía distante, pero resultaba evidente que la deseaba.

Aline pasó el resto de la noche esperando el momento de acostarse con él. Sin embargo, las cosas no salieron como había imaginado. Cuando llegó el momento de dormir, Jake dijo:

–Esta noche dormiré en otra habitación, por si tenemos visitantes nocturnos. No quiero correr el riesgo de que nos graben con una cámara mientras compartimos la misma cama.

Capítulo 8

Y SI INTENTAN entrar? –preguntó ella, decepcionada.

–No creo que lo intenten, pero cierra las puertas del dormitorio por si acaso.

–Sí, por supuesto, buenas noches...

Aline sonrió y se alejó de él, con una intensa sensación de humillación. Cabía la posibilidad de que todo aquello fuera una excusa para no acostarse con ella. Algo había cambiado desde su conversación con los periodistas.

Le dolía mucho la cabeza y decidió tomarse un par de aspirinas. Después, pálida, cerró las puertas y ventanas del dormitorio y se tumbó en la cama. Estuvo horas escuchando el sonido de las olas, preguntándose cómo se las iba arreglar para sobrevivir toda una semana al lado de aquel hombre.

Despertó tarde, a otra mañana dorada y soleada. Pero no fue la luz la que la empujó a salir del dormitorio y dirigirse al salón, sino el sonido de un motor. Jake estaba allí. Sin em-

bargo, la alegría que sintió al verlo desapareció en cuanto notó su seriedad.

–¿Más periodistas? –preguntó ella.

–No, es el helicóptero.

–¿El helicóptero? ¿El mismo que nos trajo?
¿Qué está haciendo aquí?

–Va a sacarnos de la isla.

–¿Y cómo has conseguido ponerte en contacto con el aparato?

–Llamé al piloto con mi teléfono móvil.

–¿No dijiste que no funcionaba?

–Dije que la señal no es buena, y es verdad.
Ayer no pude contactar con nadie en todo el
día, pero esta mañana sí. Además, los periodistas no han regresado y por suerte hay dos
guardias de seguridad en el helicóptero, así
que tal vez podamos marcharnos sin que nadie sepa que vamos a Auckland.

–¿Auckland? ¿No podemos ir a casa?

–No, será lo primero que vigilen. Iremos a mi
apartamento de Auckland. En el tejado hay una
pista para helicópteros y es imposible que los
periodistas nos localicen allí. Cuando llegue-
mos, llamaré a un neurólogo para que te vea.

–¿A un neurólogo?

–Claro, por tu pérdida de memoria...

–Ah, sí, claro... De acuerdo, estaré preparada en diez minutos.

Aline corrió al dormitorio a recoger sus cosas. Pensó que en cuanto llegara a la ciudad leería los periódicos para averiguar lo que decían sobre el hombre con el que se había casado. Tal vez pudiera recordar algo entonces.

El apartamento era grande y bello, de un estilo tan masculino como la casa de la playa. Jake la llevó a la habitación de invitados, muy espaciosa, que también disponía de su propio cuarto de baño.

Se preguntó si él sospecharía que se estaba enamorando de él, aunque en realidad no estaba segura de sus emociones. Al fin y al cabo era la única persona en la que podía apoyarse y por tanto se había establecido una inevitable relación de dependencia.

Cuando deshizo su equipaje, salió del dormitorio y se reunió con Jake en el salón.

–Pareces un gato en una casa nueva.

–Sí, me siento algo desconcertada.

–El neurólogo llegará enseguida.

–Gracias...

Jake le dio un libro y dijo:

–Lee un poco, puede que lo encuentres interesante. Ya veremos después qué puede hacer la ciencia médica por ti.

Aline aceptó el libro y dio un paso atrás.

–Te agradezco el ofrecimiento médico, pero puedo cuidarme yo sola.

–Sé que eres una mujer muy independiente, pero en este momento necesitas toda la ayuda que puedas obtener.

–Es posible que la amnesia desaparezca sola. Además, tú mismo dijiste que nuestra relación se limitaba a trabajar juntos. Y las personas que se limitan a trabajar juntas no suelen ayudarse las unas a las otras con sus problemas personales.

–Yo ayudaría a cualquiera que lo mereciera. Por no mencionar que si crees que lo que hay entre nosotros es una relación profesional, tienes una idea muy extraña de las relaciones profesionales.

–Se necesita algo más que esto para que dos personas se conviertan en verdaderos amantes...

Jake se acercó y acarició sus labios con un dedo.

–Anda, deja de decir esas cosas. Y no me mires de ese modo...

–¿De qué modo?

–Como si quisieras que te besara.

Jake gimió, se inclinó sobre ella y la besó con suavidad.

–Di mi nombre. Dilo... –dijo él.

–Jake, Jake, Jake...

Aline y Jake se besaron apasionadamente, y cuando por fin se apartaron, él dijo:

—Nada es perfecto en el mundo. Tenemos que extraer lo mejor de la vida que tenemos.

Justo entonces sonó un timbre.

—Debe de ser el neurólogo...

—Antes de que abras, ¿tienes un periódico por aquí?

—¿Estás segura de que quieres leerlo?

—Sí.

—Entonces, te conseguiré uno.

—Gracias.

El médico resultó ser un hombre de pelo canoso y ojos divertidos que la examinó, comprobó la pequeña herida de su cabeza, le hizo montones de preguntas y finalmente afirmó que no parecía tener nada grave.

—Me siento bien —confesó—, ¿pero cuándo recobraré la memoria?

—Las pérdidas de memoria se suelen deber a golpes en la cabeza. Pero el suyo es tan leve que no creo que se deba a eso. A veces sucede que nuestro cerebro decide irse de vacaciones —bromeó.

Aline rio.

—Cuando las personas se enfrentan a situaciones imposibles o cuando entran en periodos particularmente difíciles de sus vidas, pueden sufrir pérdidas temporales de memoria.

–¿Temporales?

–Sí, estoy casi seguro de que en todo caso
será algo temporal. Es probable que primero
comience a recordar pequeñas cosas y que
poco a poco recobre la memoria por completo.
A veces, incluso, es un proceso instantáneo. Si
en una semana no ha mejorado, le diré a Jake
que la lleve a verme. Pero creo que para entonces se encontrará perfectamente bien.

–Muchas gracias por venir, doctor.

–De nada. Jake puede llegar a ser muy per-
suasivo cuando quiere algo. Agradézcaselo a
él, no a mí.

Cuando el neurólogo se marchó, Aline le
contó lo que habían hablado.

–Sí, tiene sentido –dijo él–. Y supongo que,
si te relajas, te recuperarás más rápidamente.

La joven miró por una de las ventanas del
apartamento. No quería mirarlo a él, porque
lo devoraba con los ojos.

–Jake, ¿a qué me dedico? Hablaste de unas
negociaciones...

–Eres una ejecutiva extremadamente eficaz
del banco de Keir Carmichael.

–Pues no les voy a resultar muy útil si
tengo la cabeza vacía.

–Aunque hayas perdido la memoria, tu cabeza dista de estar vacía.

–Háblame sobre esas negociaciones...

Jake se lo explicó de la manera más clara y concisa posible, pero no sirvió de nada. Aline no consiguió recordar ni un solo detalle. Cuando terminó de hablar, la joven notó que él llevaba un periódico en la mano.

–¿Es de hoy?

–Sí, ven al sofá a leerlo.

La pareja se sentó en el sofá y Aline comenzó a leer. Jake la observó con detenimiento, como intentando averiguar si decía la verdad y verdaderamente sufría de amnesia, pero su rostro era tan inescrutable como de costumbre.

El artículo era muy duro. En él se insinuaba que había sido amante de Peter Bournside, además de incluir todos los detalles sobre la relación de Michael y Lauren.

–Era muy atractivo –dijo ella, al cabo de un rato.

–Sí, es cierto.

–Supongo que debí de quererlo mucho. Todo suena tan superficial... es un clásico caso de adulterio, salvo por la insinuación de que yo podría estar implicada en lo sucedido con el fondo Connor. No me extraña que la prensa se interese en el asunto. Es un desfalco de varios millones de dólares.

–Bah, el periodista lo habrá escrito únicamente para llamar la atención sobre el libro y que se vendan más ejemplares.

A pesar de lo que acababa de decir, Jake no estaba del todo seguro de Aline. Siempre se había preciado de conocer bien a la gente, pero Aline era una mujer tan enigmática que no sabía qué pensar.

—Es como leer algo sobre un desconocido —dijo ella—. De hecho, en este momento tú eres la única persona que conozco en todo el mundo.

—Pobrecilla —dijo él, en tono de burla.

—Leyendo esto, no me extraña que ese periodista quisiera interrogarme sobre el dinero del fondo. Seguramente piensa que sé algo.

—¿Y crees que lo sabías antes de perder la memoria?

—No lo creo. En el libro que me prestaste se dice que los amnésicos no suelen cambiar de carácter cuando pierden la memoria. Y la idea de robar dinero de un fondo me resulta repugnante.

—Sea como sea, no te preocupes por ello. Es una pérdida de tiempo, porque no podrás hacer nada hasta que recuerdes.

Aline sonrió con debilidad.

—Quién sabe. Puede que mañana, al despertar, lo recuerde todo.

—Ojalá.

Capítulo 9

ALINE abrió los ojos por la mañana y lo primero que oyó fue el canto de un pájaro. Después, suspiró y se relajó. Jake no se encontraba a su lado y no había recuperado la memoria, pero al menos ya no estaba tan asustada como el día anterior.

Además, el espacio vacío en la cama le pareció un síntoma evidente de que Jake ya no quería acostarse con ella. Intentó asumirlo, por duro que le resultara, y pensó que a fin de cuentas se habían marchado de la romántica y aislada isla y que ya se encontraban en el mundo real, un mundo donde la cautela era una elección conveniente.

Por desgracia, ya era tarde para ella. Durante los dos últimos días se había internado demasiado en las peligrosas aguas de su amante. Sin embargo, se dijo que intentaría mantener las distancias con él.

La promesa que se hizo no sirvió de nada.

En cuanto entró en la cocina y Jake sonrió, todos sus buenos propósitos se derrumbaron. Lo deseaba de un modo tan arrebatador e intenso que los latidos de su corazón se aceleraron.

–¿Cómo te encuentras hoy?

–Igual que ayer, pero al menos sé quién soy, qué soy y dónde estoy. Es decir, mucho más de lo que sabía ayer.

Entonces, una de las rebanadas que estaba en el tostador salió volando. Jake reaccionó tan deprisa que la recogió antes de que cayera al suelo.

–Magníficos reflejos –dijo ella.

–Mi ama de llaves dice que el tostador está bien y que no merece la pena comprar otro, pero tiene los días contados. Yo no necesito ir a jugar al tenis o a nadar. Con este aparato ya hago ejercicio suficiente.

–No debiste permitir que llenaran tu casa de objetos de diseño. Aunque son muy bonitos, raramente resultan útiles.

Jake se encogió de hombros.

–El sitio ya estaba así cuando lo compré. Traje algunos muebles, pero no cambié nada en la cocina.

–¿Ni siquiera trajiste algún recuerdo de tu época en el restaurante, como una vieja sartén o algo así?

–No soy un sentimental. Viajo con poco equipaje. Además, ten en cuenta que no paso mucho tiempo en ningún sitio.

Jake puso el desayuno en una bandeja y se dirigieron al salón, donde tomaron asiento.

–¿Por qué sigues viviendo aquí? –preguntó ella–. Tus negocios están por todo el mundo. Puede que otro país te resultara más conveniente.

–Soy neozelandés. Este es mi país y me gusta vivir en él. Además, se pueden hacer negocios con todo el mundo sin necesidad de salir de la oficina.

–Pero dices que viajas bastante...

–Antes lo hacía mucho, es cierto, pero lo he arreglado todo para no tener que seguir haciéndolo. A partir de ahora llevaré una vida mucho más tranquila.

–¿Y qué piensas hacer con todo el tiempo libre que tendrás?

–Supongo que pagar viejas deudas.

–¿Deudas?

–Varias personas me ayudaron mucho cuando empecé. Quiero encontrar la forma de agradecérselo.

–Eso es muy noble por tu parte.

–La nobleza no tiene nada que ver. Creo en la justicia.

–Digas lo que digas, es muy noble por tu parte –bromeó–. ¿Pero qué vas a hacer? ¿Crear una fundación?

–Estudiaré las posibles alternativas –respondió, antes de cambiar de conversación–. Por cierto, será mejor que no salgas hoy a la calle. Los periódicos siguen muy interesados en el asunto de tu difunto marido y de su fondo. Y, por si fuera poco, uno de los diarios abre edición con una excelente fotografía tuya.

–¿No puedo regresar a casa entonces?

–No, a menos que desees enfrentarte con todos los periodistas que te esperan en la puerta.

–No, desde luego que no. ¿Y sabes algo de la isla? ¿Han vuelto allí?

–Al parecer, dos grupos de periodistas se han instalado en la playa por si aparecemos de nuevo.

–Me pregunto qué habrá pasado con los millones que han desaparecido. Aunque podría ser una invención de la prensa.

–Tal vez, pero no estás comiendo nada...

–No tengo hambre. De todas formas, si lo que dice la prensa es cierto, no será difícil averiguarlo. No es fácil perder tantos millones sin dejar rastro.

–¿Y tú? ¿Sabrías perderlos sin dejar rastro?

–Imagino que la mejor forma de hacer algo

así sería invertir el dinero en algún país extranjero. Pero fuera quien fuera el responsable, necesitaría ayuda externa.

–Anda, come, solo has tomado una tostada y eso no te mantendrá en pie hasta la hora de comer.

–Tengo la impresión de que te pasas la vida intentando cebarme.

–¿Quieres que te alimente adecuadamente?

–Bueno, no creo que sea necesario que adoptes métodos drásticos –murmuró.

–Entonces, come. Tienes unos huesos preciosos, pero empiezas a parecer demasiado etérea. Prueba las fresas, están muy buenas.

Aline le hizo caso; probó las fresas, se tomó un yogur y hasta se comió una segunda tostada mientras charlaban de asuntos superficiales. Pero la joven no tardó mucho en recordar la situación en la que se encontraba.

–¿Qué te ocurre? –preguntó él, al notar su tensión.

–Nada, es que estoy cansada de esto. Al principio quería recordarlo todo, desesperadamente, pero ahora empiezo a pensar que tal vez no sea tan buena idea. Es posible que me sintiera peor si recobrara la memoria.

–Deja de pensar tanto. La recuperarás cuando estés preparada para ello.

–¿Y qué voy a hacer si ni siquiera puedo trabajar? –preguntó, frustrada.

–Basta, Aline. Tienes toda una semana de vacaciones y solo has gastado dos días. Estoy seguro de que recuperarás la memoria antes de volver al trabajo.

–No es que esté preocupada, es que estoy furiosa. Mi cerebro no tiene derecho a hacerme algo así sin permiso. No sé quién soy en realidad y me siento desnuda, expuesta y vulnerable. ¡Lo odio! ¡Quiero volver a mi casa y volver a ser yo misma!

La voz de Aline se rompió en un sollozo y Jake la abrazó para consolarla, pero ella se apartó.

–Relájate, Aline, estás muy tensa.

–No te atrevas a decirme ahora que las cosas nunca son tan malas como creemos, te lo advierto...

–No lo haré, descuida.

Jake la miró de tal modo que ella se excitó de inmediato. Sintió la humedad ente sus piernas y sus pezones se endurecieron repentinamente, rogando que los liberara de su camisa de algodón y del sujetador. Se sentía dominada por una especie de agresiva alegría. Y aunque imaginaba que Jake solo estaba interesado sexualmente en ella, no le importó. Al menos era una sensación sincera y abierta.

Se acercó a él, apoyó la cabeza en su hombro y lo acarició.

—Aline...

—¿Vas a decirme que deje que acariciarte?

—No. Voy a decirte exactamente a qué te arriesgas si sigues haciéndolo.

Jake se lo explicó del modo más evidente posible. La besó con pasión y acto seguido dijo:

—Te deseo. Mírame a los ojos, Aline...

Aline lo miró y tuvo la impresión de que estaba ocultando algo. Pero a pesar de todo se dejó llevar.

—¿Qué quieres, Aline? —preguntó.

—Te quiero a ti. ¿Dónde lo hacemos?

—En mi cama. Soy demasiado grande para disfrutar del sexo en el suelo, en la mesa o incluso en el sofá.

Jake la llevó al enorme dormitorio y Aline se sentó en la cama. Después, el se arrodilló ante ella y le quitó los zapatos. Entonces, la joven supo que estaba enamorada de él y se sorprendió. Probablemente lo amaba desde el principio, desde que lo había visto por primera vez.

Su amante notó la inseguridad de Aline.

—¿Qué te ocurre?

—Nada —mintió—. Tienes unos labios preciosos. Me encanta mirarlos, y sentirlos.

—Entonces, bésame.

Jake la besó y Aline gimió cuando la desnudó

—Eres tan bella que mi corazón tiembla al verte... Siempre te imaginé así, apasionada, con ojos azules llenos de secretos y los labios enrojecidos ligeramente por mis besos.

Aline acarició el cabello de Jake mientras él lamía sus senos. Inconscientemente, se arqueó contra él. Después, lo ayudó a quitarse los pantalones, se inclinó y lamió su sexo. Jake gimió de placer y rio.

—Creo que he creado un monstruo...

La joven lo miró con intensidad.

—¿Qué estás haciendo? —continuó él.

—Grabándote en mi memoria. Ocurra lo que ocurra, quiero recordar todo esto.

—Lo recordaremos los dos —dijo, antes de introducir dos dedos en su sexo—. No te preocupes, no te haré daño...

Aline gimió y se ofreció a él entera, sin reservas. Acto seguido, incapaz ya de pensar, se puso sobre él y lo animó a entrar en su cuerpo. Hicieron el amor como si estuvieran en una dimensión distinta, y cuando Jake oyó el desesperado gemido de su amante, comenzó a moverse más deprisa con ella. Juntos, alcanzaron el éxtasis hasta que ya no oyeron nada salvo sus propias respiraciones, aceleradas.

Jake abrió entonces los ojos, la miró y la abrazó. Aline apoyó la cabeza en uno de sus hombros y, de repente, sin previo aviso, recordó. Lo recordó todo. La confesión de Aline, el vuelo a la isla y hasta el tropezón con el zapato que había dejado en el suelo del dormitorio.

—Jake... He recobrado la memoria.

Jake tardó un rato en reaccionar. Tanto, que Aline estuvo a punto de repetir la frase.

—¿Cuándo?

—Ahora mismo. Ha sido repentino, y tan simple y ordinario como si alguien abriera una ventana.

—¿Así como así?

—Sí, así como así. El neurólogo dijo que podía suceder. Y he recordado que anteayer no me golpeé la cabeza una vez, sino dos, porque tropecé con un zapato en el dormitorio, mientras tú estabas afuera, contemplando la luna. Debí darme un buen golpe, porque no recuerdo cómo regresé a la cama...

—¿Y cómo te sientes ahora con el asunto de tu marido?

—Enfadada —confesó—. Es extraño. Durante los dos últimos días pensé que me alegraría mucho cuando recobrara la memoria, pero todo parece muy complicado ahora. No solo está Lauren, sino la denuncia sobre el fondo. Sé que Michael no era ningún ladrón.

–¿Y qué piensas hacer?

–Antes que nada, acostumbrarme a volver a ser yo misma.

Aline necesitaba tiempo para pensar, para recordar y para asumir todo lo que había sucedido. A Jake no le gustaba aquella perspectiva, pero no hizo nada para detenerla cuando se levantó, recogió su ropa y caminó hacia la salida.

–Tienes que pensar en todo esto, ¿verdad? –preguntó él.

–Sí.

Jake se incorporó, caminó hacia ella y se detuvo a escasa distancia.

–Está bien. Será mejor que abras esa puerta y te marches de aquí de inmediato si no quieres que te vuelva a llevar a la cama –declaró, con una sonrisa.

Aline abrió la puerta y salió del dormitorio. Estaba furiosa. Por el deseo que aquel hombre provocaba en ella y porque lo que más deseaba en el mundo era quedarse allí y olvidarlo todo arrojándose a la pasión.

Capítulo 10

DE VUELTA en su habitación, Aline se dirigió directamente a la ducha. Había pasado dos días intentando recordar quién era; y ahora solo deseaba olvidarlo todo.

Sin embargo, los acontecimientos que habían desencadenado su amnesia ya no parecían tener importancia. Jake había llenado los espacios vacíos de su vida y apenas le quedaba cierta tristeza y resignación cuando pensaba en Michael y Lauren.

Había colocado a su difunto esposo en un pedestal porque quería que todo en su vida fuera perfecto; sin embargo, la perfección tampoco importaba ya. Lo único relevante era que amaba a Jake y que estaba dispuesta a tomar lo que pudiera de la vida sin preocuparse por el futuro ni mucho menos por el pasado.

Se estremeció al recordar a Jake. Quería llegar mucho más lejos, pero tenía miedo. Pensaba que no tenía lo necesario para gustar a un hombre, que seguía siendo una reina de hielo, inteligente y centrada en su carrera, sin el calor y el encanto necesarios. Estaba convencida de que más tarde o más temprano Jake se marcharía como todos los hombres que le habían confesado su amor. Y cuando eso sucediera, algo de ella moriría.

Se vistió y se miró en el espejo. Su boca y la expresión de sus ojos denotaban claramente que había hecho el amor, e intentó recordarse que su relación con Jake no era sentimental, sino puramente sexual.

Cuando volvió a salir, encontró a Jake en el salón. Contra la luz de la mañana, parecía más grande que la vida, una especie de gigante que irradiaba una sutil y potente amenaza.

–¿Te encuentras bien? –preguntó él.

–Sí.

–Te he preparado una taza de café.

–Gracias.

–Aline, ya es demasiado tarde, no podemos retroceder sobre nuestros pasos. Tenemos que enfrentarnos al hecho de que nos deseamos.

–¿Y?

–¿Qué significa todo esto para ti?

–Significa que nos llevamos muy bien en la cama –respondió, antes de cambiar repentinamente de conversación–. ¿Aún tienes el periódico de ayer?

–Sí –respondió él.

–Quiero volver a leer ese artículo.

–Está sobre el sofá.

–También me gustaría leer los periódicos de hoy, si los tienes.

–¿Por qué?

–Porque decir que alguien ha robado dinero del fondo es una acusación muy grave.

–Sí, ¿pero qué tiene que ver contigo? –preguntó, observándola con detenimiento–. Tú no guardas ninguna relación con la gestión financiera del fondo.

–No, pero tengo permiso para firmar.

–¿Y lo has usado alguna vez?

–Sí, siempre que me lo pide Tony.

–¿Cuántas otras personas tienen autoridad para firmar documentos?

–Solo Tony Hudson y Peter.

–Háblame de Peter Bournside.

–Era el agente y gestor de Michael, y se hizo cargo del fondo cuando mi marido lo creó. Sea como sea, si hay alguna irregularidad en la contabilidad, quiero saberlo.

–¿Por qué?

–Porque está en juego el buen nombre de Michael. No era un ladrón. Además, si me implican en algo sospechoso, no tendré ningún futuro en la banca.

–Oh, vamos, Keir no te despediría...

–Sabes de sobra que no es así. Keir es un amigo leal, pero no arriesgaría su banco. Aunque, por otra parte, no tendría que hacerlo. Si llegara el caso, presentaría mi dimisión.

–Dime una cosa, Aline. ¿Por qué te dio tu marido permiso para firmar documentos si no esperaba que te hicieras cargo de los asuntos financieros?

Aline caminó hacia el sofá y se sentó. Después, dejó el café sobre la mesita, recogió el periódico, le echó un vistazo y lo dejó a un lado.

–Michael respetaba mi habilidad profesional. La autorización para firmar era una simple precaución; como te puedes imaginar, no tenía intención de fallecer. Pero quería que vigilara un poco el fondo.

–¿Y por qué no lo hiciste?

–Cuando murió me concentré en mi trabajo e intenté no pensar en nada que tuviera que ver con él. Luego pasé un año en Hong-Kong, y cuando regresé, estaba demasiado ocupada. En todo caso me he limitado a firmar unos cuantos cheques cuando Tony me lo pedía, pero nada más. Hasta que...

–¿Hasta hace poco?

Aline lo miró con preocupación.

–Sí, de hecho firmé algo hace una semana.

Fui a ver a Peter porque Tony me comentó que aún no habían utilizado el fondo para hacer nada, y le pregunté a Peter por ello.

—¿Y qué dijo?

—Que había estado trabajando en el fondo para que hubiera más dinero cuando por fin comenzaran a actuar.

—Sí, tiene sentido.

—Hasta cierto punto, teniendo en cuenta que ha estado arriesgándose demasiado, haciendo inversiones peligrosas en Bolsa y poniendo en peligro el dinero del fondo. Me puse furiosa, y lo que más me molestó de todo era que lo aceptara tan tranquilamente, como si no hubiera hecho nada malo.

—¿Y qué hiciste?

—Le dije que me pondría en contacto con los fideicomisarios para saber por qué habían permitido algo así y él rio y dijo que yo era una banquera muy convencional, demasiado rígida. También dijo que se llevaba mucho mejor con Michael porque los dos eran aventureros, y cuando afirmé que mi marido tenía ética, se volvió a reír.

Aline se ruborizó, pero siguió hablando.

—Supongo que lo dijo porque sabía lo que había pasado con Lauren. En cualquier caso, antes de marcharme me pidió que firmara unos cheques y lo hice. Pero estaba tan inquieta que ni siquiera recuerdo qué firmé.

–Cuando hablaste con los fideicomisarios, ¿qué te dijeron?

–La mayoría estaban encantados con los resultados económicos que había conseguido Peter, y es lógico, porque está a punto de doblar la suma que había al principio.

–¿Les dijiste que se estaba arriesgando mucho?

–No, no quería hacer acusaciones sin pruebas. Además, sabía que debía andarme con cuidado. Yo no soy fiduciaria, así que no tengo el estatus legal necesario para cambiar la política del fondo. Decidí investigar a Peter para averiguar algo más y dos días más tarde me llamó por teléfono y me acusó de sabotear su trabajo.

–¿Te amenazó?

–No, desde luego que no. Pero tal y como me habló, tuve la impresión de que realmente estaba convencido de que él no podía cometer ningún error, de que tenía una especie de toque mágico. Me gritó, pero procuré mantener la calma.

–Sin embargo, sospecho que fuiste impecable...

–Claro. Estaba arriesgando el sueño de Michael. Es un adicto, le gusta arriesgarse, disfruta con ello. Hasta ahora, parece que todo le ha salido bien. Pero algún día se hundirá y perderá mucho dinero del fondo. Michael nunca lo habría permitido.

—¿Hasta qué punto conoces a Bournside?

—Bueno, antes creía que lo conocía muy bien. Venía muy a menudo a nuestra casa y cuando Michael murió me ayudó mucho. Me caía bien, al igual que su esposa.

—Comprendo —dijo, observándola de forma impasible—. ¿Qué piensas hacer ahora?

—En primer lugar quiero saber exactamente a cuánto ascienden los activos del fondo. Pero quiero conocer los resultados reales, no los que Peter ha estado dando a los fideicomisarios.

—¿Cómo?

—Ese es el problema. Ahora que Peter sabe que desconfío de él, no hay posibilidad de que coopere.

Jake se levantó de su asiento.

—Tal vez pueda ayudarte. Puedo hablar con un par de contactos y...

—No deberías involucrarte en esto, Jake.

—No tienes elección. Yo puedo averiguar qué ha hecho con el dinero.

—Pero no puedo permitir que...

Jake la interrumpió.

—Da igual, Aline, tampoco puedes detenerme. Vayas donde vayas y hagas lo que hagas yo estaré allí y te sacaré ventaja.

—¿Por qué?

—Bueno, piensa que lo hago por ayudar al fondo de tu difunto marido. Echaré un vistazo a todo lo que han publicado los periódicos y pediré una copia de la biografía de Michael.

—Pero aún no se ha publicado.

—No importa. Conseguiré la copia de todas formas. Es posible que el autor tenga fuentes que nos puedan ser de alguna utilidad.

—Sin embargo, aún no sabemos si es cierto que se ha perdido alguna suma de dinero. Solo sabemos lo que han publicado, y no sería la primera vez que los medios de comunicación se equivocan.

—Cierto, pero tengo la impresión de que aquí hay algo más que simples rumores —afirmó Jake.

—Aunque fuera así, una pérdida de dinero no implica necesariamente un desfalco. El dinero se puede perder en cualquier cosa, desde inversiones perfectamente legales en la Bolsa hasta obras a gran escala.

—Descuida. Estoy seguro de que averiguaremos la verdad.

—No renuncies a la posibilidad de que todo sea un rumor sin fundamento —murmuró ella—.

Según los resultados que Peter me dio, la situación financiera del fondo es muy buena.

—Es posible. Pero daré los pasos necesarios para investigarlo.

Jake salió de la habitación y Aline volvió a sentarse en el sofá, inquieta. Tomó el periódico y contempló la fotografía de Michael, que sonreía con el encanto que siempre había tenido. Después, pensó en Lauren y sintió mucho lo que le había sucedido.

—¿Qué sucede? —preguntó Jake, que acababa de regresar.

—Es como mirar a un extraño. ¿Cómo pude estar tan ciega?

—Esas cosas pasan.

—Lo sé. Ocurren hasta en los matrimonios más felices.

—Bueno, yo diría que no suceden precisamente en los matrimonios felices —observó él.

—Cierto, aunque entonces creía que las cosas iban bien entre nosotros. En ese sentido, soy doblemente estúpida —dijo, mientras se levantaba del sofá—. En fin, ¿qué te parece si empezamos a trabajar?

Aquel mismo día, más tarde, Aline apartó la mirada del ordenador. Estaba pálida.

–¿De dónde has sacado estos datos?

–Tengo contactos, ya te lo dije –respondió Jake.

–Pero estos datos te los ha tenido que dar alguien del fondo, alguien con un cargo de mucha responsabilidad. ¿Y por qué iba a dártelos?

–No quieras saberlo.

–Si los datos son correctos...

–Lo son.

Aline abrió la boca para protestar, pero sabía que Jake no le diría de dónde había sacado aquella información ni por qué estaba tan seguro de su exactitud.

–Según esto, el fondo ha perdido ocho millones de dólares desde principios de año. Al parecer ha realizado inversiones que no salieron bien. Metió mucho dinero en una empresa de tecnología, sin informar de ello a los fideicomisarios. De todas formas, tengo la impresión de que los datos están incompletos... Bueno, creo que voy a servirme un café.

–No, más café no. Ya has tomado demasiado –dijo él, mientras miraba su reloj–. Vamos a descansar un poco. La cena debe de estar a punto de llegar y no estaría mal que nos tomáramos una copa antes.

–No quiero cenar. Quiero saber qué está pasando aquí.

Jake se adelantó y apagó el ordenador.

—Ahora no, Aline, estás muy cansada.

Aline notó que el sol se estaba poniendo sobre las elevaciones que separaban la ciudad de Auckland del mar de Tasmania.

—Esto es importante para mí...

—Lo sé, pero no llegarás muy lejos si apenas puedes ver los datos que aparecen en la pantalla.

Jake la tomó de la mano y dijo:

—Estás helada.

Aline intentó hacer caso omiso de la inmediata respuesta de su cuerpo. El problema con el fondo Connor la afectaba mucho, pero más intelectual que emocionalmente. Su amor por Jake era tan fuerte e intenso que lo demás ya no tenía importancia. Sabía que si no conseguía demostrar que no tenía relación alguna con lo sucedido, su carrera estaría acabada. Pero, gracias a él, no la preocupaba demasiado.

—Me pregunto quién le contaría a los periodistas que había irregularidades contables —dijo ella—. El autor de la biografía no estaba al tanto de ello, a no ser que no se atreviera a publicarlo. Pero, sobre todo, me gustaría saber dónde está Peter ahora.

—¿Por qué eligió Michael a esos fiduciarios en concreto?

–Porque eran expertos y conocían a los jóvenes. Todos trabajaban en ese campo.

–Pero también carecían de conocimientos financieros... –puntualizó.

–Debí asegurarme de que no sucedía nada como esto. Me temo que he fallado a Michael y a los beneficiarios del fondo. Debí vigilar con más atención.

–No tiene sentido que te sientas culpable –declaró–. ¿Quieres tomar algo?

–Un refresco, gracias.

–¿Eso es lo único que bebes, además de café y alguna copa ocasional de champán?

–Cuando estoy trabajando, sí. Al igual que tú, prefiero tener el control de lo que hago.

Jake inclinó irónicamente la cabeza, a modo de reconocimiento, y enseguida apareció con una bandeja con bebidas.

–¿Tienes hadas en la casa que se encargan de prepararlo todo? –preguntó ella, asombrada.

–No, lo preparé hace un buen rato. Estabas tan concentrada que no te diste cuenta.

Aline tomó el refresco y echó un vistazo a su alrededor.

–Es una casa muy bonita.

–Me alegra que te guste –dijo, mientras echaba un trago de cerveza–. Pero dime, ¿elegiste tú misma tu casa?

–No, fue Michael. Quería vivir cerca del mar, y el puerto deportivo está al final de la calle. Además, está cerca de Auckland y puedo llegar a mi trabajo en menos de media hora. La echaré de menos...

–¿Piensas vender la casa?

–Sí –respondió–. He vivido allí demasiado tiempo. Necesito cambiar de aires.

–Sigues creyendo que perderás tu trabajo si no conseguimos averiguar lo que ha pasado con el dinero, ¿verdad?

Aline terminó su refresco de un trago.

–¿Tú querrías tratar con una persona acusada de haber desfalcado tanto dinero?

–No, pero no es tu caso.

Aline se encogió de hombros.

–Aún no, pero lo será pronto si no descubrimos la verdad. Pronto empezarán los rumores.

–¿Y qué harás si no podemos detenerlos? Has trabajado muy duro para llegar a donde estás.

–Creo que me sentiría aliviada.

–¿Aliviada? –preguntó, con extrañeza.

–Disfruto con lo que hago porque soy muy buena en ello, pero no es lo que quería hacer. Tuve que dedicarme a ello porque mi madre no pudo tener más niños y me convertí en el hijo que mi padre deseaba.

–¿Y cuándo te diste cuenta de que estabas viviendo la vida que quería tu padre y no la que tú deseabas?

–No fue como lo presentas...

–Si tú lo dices... Pero sea cierto o no, ¿qué es lo que querías hacer?

–Me habría gustado ser médico. Ayudar a la gente.

En aquel instante sonó el timbre del portero automático.

–Iré a ver quién es. Seguramente será la cena –dijo él.

Los ojos de Aline se clavaron en la esbelta figura de su amante cuando se alejó hacia la entrada de la casa. Tenía la impresión de que se estaba comportando con cierta frialdad desde que habían hecho el amor aquella mañana. Pensó que tal vez estaba preocupado con el asunto del fondo, o que intentaba alejarse de alguien cuya reputación corría serio peligro.

Tal y como Jake había imaginado, era un camarero del restaurante cercano donde había encargado la cena. La comida estaba muy buena, pero la joven no prestó demasiada atención.

Después de cenar, Aline siguió trabajando un par de horas. En determinado momento, se detuvo y llamó a su amante.

–Jake...

Jake se levantó de su asiento, se acercó a la pantalla y frunció el ceño.

—Ya lo tengo. Peter no ha perdido el dinero. Sencillamente vendió acciones y transfirió los beneficios a una cuenta bancaria de las islas Cook. De hecho, ha sacado todo el dinero que ha ganado en estos años y ha dejado la suma exacta que había cuando se hizo cargo del fondo.

—¿Cómo hizo la transferencia? ¿Con un cheque?

—Me temo que sí.

—¿A nombre de quién está la cuenta de las islas Cook?

Jake no se movió. Se limitó a observarla mientras ella intentaba averiguar el dato que le había pedido. Cuando por fin lo encontró, preguntó a la mujer:

—¿Te dice algo ese nombre?

—No, en absoluto —respondió ella.

—¿Quién más firmó ese cheque?

—Puede que fuera yo, porque la fecha coincide. Fue el día en que Peter me dijo que Tony Hudson se marchaba de viaje.

—Tony estuvo en el bautizo y no dijo nada de ningún viaje.

—Lo sé, pero de todas formas yo no firmo cheques en blanco. Y en circunstancias normales es imposible que firme uno por tal cantidad sin que me diera cuenta.

–¿En circunstancias normales?

–Ya te he dicho que estaba tan enfadada con Peter que no vi lo que estaba firmando.

–Bueno, sea como sea ya has trabajado bastante por hoy. Es hora de marcharse a la cama.

–Pero...

–Ve a dormir.

Aline se volvió hacia él y se sorprendió al comprobar lo cerca que estaba. Pudo ver las pequeñas arrugas de sus ojos y sus anchas pestañas, pero después no vio nada más porque Jake se inclinó sobre ella y la besó.

–Estás cansada, y no me extraña. Será mejor que hoy duermas sola, porque si dormimos juntos ninguno de los dos conseguirá descansar. Y mañana nos espera un día de mucho trabajo.

Mientras caminaba hacia el dormitorio, Aline pensó que a ella no le habría importado estar toda la noche sin dormir con tal de encontrarse a su lado. Pero, al parecer, Jake no era de la misma opinión.

Aline despertó sobresaltada. Todo estaba en silencio, pero algo la había desvelado. Entonces lo recordó: no había hecho copia de seguridad de los datos, y convenía que los grabara en varios disquetes y que escondiera las copias. Además, sabía que no conseguiría volver a dormir hasta que no lo hiciera.

Se puso una camiseta y salió al oscuro pasillo. Ya casi había llegado al despacho cuando oyó voces, como si alguien hubiera encendido una televisión. Pero no era eso. En el interior de la sala, Jake estaba hablando con un desconocido.

–¿Has cambiado de opinión sobre Connor? –preguntó el desconocido en aquel instante–. Antes estabas seguro de que estaba involucrada y ahora dices que es inocente. Hay grandes posibilidades de que ella firmara el cheque. Tony Hudson recuerda el importe y yo le creo. ¿Qué ha pasado para que ahora le concedas el beneficio de la duda?

–No he dicho que sea inocente. He dicho que podría serlo –puntualizó Jake.

–Con todos los respetos, Jake, espero que no te hayas dejado dominar por una cara bonita. No sería digno de ti.

–Mira, no estoy seguro de nada y no pienso actuar hasta saberlo.

–Sé que no descubrimos nada en su casa. Por cierto, hiciste un gran trabajo al conseguir que se alejara de ella. Pero, de todas formas, eso no significa que sea inocente. Y aunque no se pueda acusar a nadie por simples rumores, sabes muy bien que los rumores pueden tener una base real. Para ella habría sido muy sencillo firmar el cheque y repartirse el dinero con Bournside. O incluso divertirse con él. Recuerda que ha abandonado a su esposa.

–Sí, es una posibilidad –continuó Jake–, pero no importa porque ella no va a salir del país hasta que esté seguro de su inocencia.

–¿Has encontrado el modo de mantenerla aquí?

–Sí.

–Está bien, Jake. Hablaré con los chicos para que actúen. Por cierto, en el departamento de fraudes se van a enfadar mucho cuando sepan que pasaste sobre ellos y decidiste hacerte cargo del caso sin llamar a la policía. ¿Por qué lo hiciste?

Aline no pudo soportarlo más. Abrió la puerta del despacho y dijo:

–A mí también me gustaría saberlo, Jake. ¿Qué te parece si nos lo cuentas a los dos?

Capítulo 11

JAKE se sobresaltó al verla, pero su sorpresa apenas duró un segundo, el tiempo suficiente para recobrar su agresiva y fría sonrisa.

—Porque hace tres años mi secretaria donó una fuerte suma a ese fondo. Michael Connor era su héroe y decidió apoyar su proyecto. Luego, hace unos meses, oí algo que me llamó la atención y decidí investigar.

Aline se sintió enferma, pero mantuvo la calma.

—¿Y qué ocurrió?

—Descubrí tanto humo que supuse que en alguna parte había fuego —respondió—. En la Bolsa se comentaban muchas cosas, pero no encontré nada concreto hasta que hablé con Tony Hudson en el bautizo de Emma.

—¿Qué te dijo?

—Que no estaba contento con el estado financiero del fondo y que estaba preocupado

porque Peter Bournside lo estaba evitando últimamente. No tuvimos ocasión de hablar demasiado, pero insinuó que estabas involucrada y comentó que eres una buena amiga de
Peter.

–Así que inmediatamente sospechaste que
estaba confabulada con él... Es increíble. Por
supuesto que estoy involucrada. Ya te he dicho que hablé con los fideicomisarios –declaró, desilusionada–. Pero, dime, ¿por qué te
interesaste tanto por este asunto? Y no me digas que lo hiciste por altruismo. No conoces
el significado de esa palabra.

Jake miró al hombre con el que había estado hablando y le dijo:

–Espera afuera, por favor.

El desconocido se levantó y se marchó.
Aline ni siquiera lo miró y por tanto no habría
podido reconocerlo aunque lo hubiera visto
de nuevo. Estaba concentrada en Jake, sin poder creer lo que había sucedido. Era demasiado doloroso.

Cuando se cerró la puerta, Jake siguió hablando.

–No fui a la policía porque quería solucio-
nar este asunto sin que interviniera la ley.

Aline rio.

–¿Y cuándo descubriste que acostarte conmigo podía ser una forma excelente de descubrir mi supuesta culpabilidad?

—Acostarme contigo no formaba parte de mis planes —respondió—. Por si lo has olvidado, fue idea tuya.

Aline se sintió dominada por una intensa ira, pero consiguió controlarse.

—Sí, es cierto —declaró con frialdad—. Qué suerte tuviste. La confesión de Lauren fue tan oportuna que me presté a aceptar tu oferta y acompañarte a la isla.

—Necesitaba tiempo para averiguar lo que había sucedido, Aline. Tony Hudson dijo bien claramente que estabas detrás de las decisiones que tomaba Peter Bournside.

—Entonces, mintió.

—Sí, es evidente que alguien está mintiendo. Llamé a Tony hace un rato y dijo que Bournside les había dicho a todos que tú estabas al tanto de sus operaciones.

—En cualquier caso, es obvio que llegaste a la conclusión de que yo era culpable.

—No es cierto, y deberías saberlo. Solo era una posibilidad. Tu pérdida de memoria podía ser una simple excusa para impedir que yo siguiera con la investigación, sobre todo si sabías que Bournside se había marchado del país y te había dejado a ti el problema.

Jake se detuvo un instante antes de continuar.

–Además, también cabía la posibilidad de que hubieras intentado seducirme por razones no precisamente amorosas. De hecho, tu amnesia resultó bastante selectiva y recobraste la memoria con increíble rapidez cuando se supo que podía existir malversación de fondos.

–No puedo creer que te hayas acostado con una mujer que tomaste por ladrona, mentirosa y prostituta.

–Ya basta...

–Ah, y por encima de todo, también estúpida. Hasta te di las llaves de mi casa y pudiste enviar a alguien para que buscara pruebas en mi contra.

–Sí, supongo que fue como robarle un dulce a un niño.

–¿Y cómo es posible que aún creas que cabe la remota posibilidad de que yo no sea culpable?

–Si me das tu palabra de que no firmaste ese cheque, te creeré.

–No podría aunque quisiera –afirmó con amargura–. He estado pensando en ello, pero no lo recuerdo.

–Probar tu inocencia va a resultar muy difícil. Sobre todo porque tienes una bien ganada reputación de ser muy estricta con la contabilidad. Al parecer, Bournside llegó a Frankfurt hace tres días y nadie ha sabido nada de él desde entonces.

—¿Y crees que yo estaba informada de esto?

—Lo que yo crea carece de importancia. Podrías verte obligada a declarar en un juicio y negar que estés relacionada con el desfalco.

—Gracias por advertírmelo —dijo, antes de darse la vuelta.

—¿Adónde vas?

—Me voy tan lejos de ti como pueda. Pero descuida, no tengo intención alguna de abandonar el país, así que no es necesario que utilices tu poder de persuasión para que me quede.

—Le diré a alguien que te lleve a un hotel...

—No te molestes.

—A no ser que quieras enfrentarte a una legión de periodistas de todos los periódicos y cadenas de televisión, será mejor que permitas que te proporcione un escolta.

—De ti no aceptaría ni un tubo de pasta de dientes —espetó.

—¿Y qué hay del sexo? —preguntó, con crueldad—. Puedo dártelo siempre que quieras.

Aline sintió tanto dolor que pensó que se

iba a desmayar, pero se apoyó en el pomo de la puerta y la abrió.

—No significa nada para mí.

—Para mí, sí.

—¿Tan buena soy en la cama? —preguntó.

—Aline, cuando decidas olvidarte de la autocompasión y estés dispuesta a tragarte tu orgullo, ven a mí.

—No me acercaría a ti aunque fueras mi única oportunidad de salvar la vida.

Jake se acercó, se asomó al pasillo y llamó al hombre con el que había estado hablando.

—Cuando la señora Connor haya hecho sus maletas, asegúrate de que alguien la acompañe al hotel Regent sin que nadie la vea.

Aline no miró hacia atrás. Salió del despacho y de la vida de Jake y avanzó hacia un futuro tan vacío que ni siquiera se atrevía a pensar en él.

—¡Tienes otro diente!

La pequeña Emma sonrió.

—Dentro de poco podrás morder —dijo Aline.

—Ya puede hacerlo —puntualizó Hope.

Emma decidió quedarse dormida en aquel instante, apoyada sobre uno de los senos de Aline.

–Cada vez tienes peor aspecto, Aline –dijo su amiga–. ¿Por qué no solucionas todo de una vez?

Aline negó con la cabeza. Un mes después de salir de la vida de Jake, había confesado a Hope todo lo sucedido. Sabía que ninguna otra persona la entendería mejor que ella.

–Eres muy obstinada. Pero está bien, desperdicia tu vida si quieres. Por Dios, Aline, es normal que Jake desconfiara al principio de ti... tú habrías pensado lo mismo de haberte encontrado en su situación.

–Lo sé.

–Además, estás enamorada de él.

–Es cierto.

–Entonces, ¿por qué no...?

–Porque él no me ama. Nunca me ha amado.

–Estoy segura de que siente algo por ti.

–Pensó que lo había seducido para evitar que investigara lo sucedido con el fondo. Y me mantuvo prisionera en la isla mientras revolvía mi casa en busca de pruebas para acusarme.

–Oh, vamos, no te quitó la vista de encima durante el bautizo. Y no lo tengo por un mentiroso. Ha dejado bien claro que eres inocente.

–Sí, bueno, menos mal que Tony Hudson recordó que él también había firmado el cheque conmigo. En cuando salí de aquella reunión con Peter, llamó al pobre Tony y le dijo que había surgido una gran oportunidad financiera pero que había que actuar con gran celeridad y que necesitaba que le firmara un cheque de inmediato. Y Tony ni siquiera miró la suma...

—¿Crees que Peter se peleó deliberadamente contigo para que no vieras el cheque?

—Claro. De lo contrario, sabía que nunca habría firmado un cheque en blanco.

—De todas formas, Peter cometió el error de realizar la transacción a través de su propio banco. Por cierto, ¿te he dicho ya que Jake ha preguntado por ti?

—Es posible que se sienta culpable.

Hope entrecerró los ojos.

—Es más que eso. Está sinceramente preocupado por ti. Yo pensaba que aún estabas enfadada con él, pero no es cierto. En realidad, estás asustada.

—Hope, lo que siente por mí no es amor. Solo pretende demostrar que no soy capaz de resistirme a sus encantos.

—En tal caso, tendrás que decidir si quieres o no quieres rendirte.

—¡Nunca! —exclamó.

—Pues tengo la impresión de que está celoso.

–¿Celoso? ¿Jake?

–Sí, me apuesto lo que quieras a que siente celos de Michael.

–No, es demasiado seguro como para sentir celos de nadie.

–Deberías saber que los hombres también son vulnerables.

–Jake, no. Hizo el amor conmigo cuando creía que podía estar involucrada en el desfalco. Eso no es ser vulnerable.

–Yo diría que no pudo evitarlo, y hay pocas cosas que demuestren tanta vulnerabilidad. Piénsalo bien, Aline. Tienes dos opciones: hacer caso omiso de lo que sentís el uno por el otro, o hacer algo al respecto. ¿No crees que merece la pena que olvides por un momento tu orgullo? ¿Estás dispuesta a permitir que el miedo te impida ser feliz?

–Haces que parezca muy sencillo, pero no lo es. Mantuvimos una relación, no lo niego, pero ya ha terminado.

–No conocí bien a Michael. Sin embargo, creo que cometes un gravísimo error al considerar que Jake es igual que él. Puede que sea orgulloso y duro, pero es honrado. A Keir le gusta y confía en él.

–Eso no significa que sea perfecto.

–Yo también confío en él. Y, además, creo

que tú no confías en nadie, ni siquiera en ti misma. Pero tienes tanto que ofrecer... Eres extremadamente inteligente y cálida. Vistes bien y eres una gran amiga, aunque algo anticuada.

–¿Anticuada?

–Por supuesto. Estás esperando que él dé el primer paso como si tú no pudieras hacerlo también o como si no fuera responsabilidad tuya. Inténtalo, Aline. Créeme, merece la pena sacrificar el orgullo por el amor.

Aline se despidió del hombre que la había llevado a la isla. Descendió de la embarcación y caminó hacia la casa con su bolsa de viaje. Tras dos noches sin dormir había decidido intentarlo, a sabiendas de que si Jake la rechazaba no volvería a ser la misma.

Cuando se acercó al edificio observó que Jake estaba tumbado en el muelle y durante un momento pensó que estaba dormido. Pero no era así.

–Hola, Jake...

–¡Aline! –exclamó, sorprendido–. ¿A qué debo el honor de esta visita?

–Me dijiste que viniera cuando estuviera dispuesta a tragarme mi orgullo. Pues bien, aquí estoy.

–No veo que hayas abandonado tu orgullo –dijo con frialdad–. Pero, dime, ¿qué quieres?

–Te quiero a ti –respondió, de improviso.

–¿Por cuánto tiempo?

–Por tanto como tú desees.

–¿Y si te dijera que no quiero casarme?

Aline se encogió de hombros.

–¿Quién ha hablado de matrimonio?

Jake se acercó a ella y la acarició en la mejilla.

–Yo estoy hablando de matrimonio.

–No es necesario que intentes comprarme con ese tipo de promesas. Ya has conseguido lo que querías.

–¿Y qué es lo que yo quería?

–Querías que me rindiera y me he rendido.

–Comprendo. Y estás dispuesta a darme todo lo que yo quiera, sin condiciones, sin pensar en el futuro, sin recuerdos del pasado, sin control y sin inhibiciones...

–Sí, si es lo que deseas.

–Se parece bastante a lo que deseo, Aline. ¿Pero también es lo que tú deseas? Porque yo quiero mucho más que tu rendición, y quiero que tú desees lo mismo.

Jake sonrió, puso una mano por detrás de su cuello e impidió que se apartara de él.

–Dime, ¿para qué has venido aquí? ¿Pretendes que sea otro Keir, que esté a tu disposición sexualmente y poco más?

—Suéltame.

Jake no hizo caso. Lejos de eso, se inclinó y la besó.

—Keir y yo solo nos acostamos una vez. No significó nada para ninguno de nosotros.

—¿Solo una vez?

—Solo una vez.

—¿Por qué lo hicisteis? ¿Os resultaba conveniente?

—Sencillamente cometimos un error. ¿Pero qué más quieres de mí? ¿Mi sangre?

—No, quiero algo peor. Quiero la verdad. Me mentiste y te mentiste a ti misma cuando estuvimos juntos. Y si queremos mantener una relación, tiene que basarse en la verdad.

—¿A qué mentiras te refieres?

—A que creías que lo que hay entre nosotros es simple atracción física. Pero no es cierto. No tenemos escapatoria. Admítelo. Estás tan involucrada conmigo como yo contigo.

—Ya te he dicho que has ganado, si es eso lo que querías.

—¿Una rendición superficial? No es suficiente, Aline. ¿Por qué decidiste que no querías saber nada de mí?

—Porque pensé que no te podía dar nada —confesó.

—¿Por qué? ¿Porque tu corazón murió cuando murió tu marido?

—No. Porque lo amaba y porque pensé que me amaba. Fue el primer hombre que me conoció a fondo y creí que estaba enamorado de mí.

Permanecieron en silencio unos segundos, hasta que él preguntó:

—¿Y cómo eres, Aline?

—Lo dijiste tú mismo. Una mujer fría y con control de sí misma. Una excelente ejecutiva, pero con pocas cosas que ofrecer como mujer. O como hermana.

—Ya, pero Connor supo que eso solo era la máscara que utilizabas.

Aline se encogió de hombros.

—No es una máscara. Yo soy así.

—¿Y por qué has venido?

—Porque te deseo.

—Venga, puedes hacerlo mejor si quieres —dijo, implacable.

—Está bien... Me siento vacía sin ti. Te echo de menos cada minuto del día y de la noche. No puedo comer, no puedo dormir. Ni siquiera puedo lavarme los dientes sin pensar en ti. Y la idea de no volver a verte me aterroriza. ¿Te parece suficiente? ¿Es eso lo que querías oír?

—Bueno, tendrá que servirme. Te diré qué es lo que yo quiero. Quiero a la mujer que me hizo el amor con tanta pasión que ya no pude sacármela de la cabeza. A la mujer que me hace reír. A una mujer sincera, directa y amable bajo la armadura que utiliza para protegerse.

–Me alegra...

Jake la tomó entre sus brazos, con fuerza, y la besó.

Esta vez no tuvieron tiempo para delicadezas. Se desnudaron e hicieron el amor de forma urgente. En cuestión de segundos Aline se sintió dominada por el deseo y al poco alcanzó el éxtasis. Jake la siguió y se dejó llevar de tal modo que la joven se sorprendió pronunciando unas palabras que la atarían a él para siempre.

–Te amo, Jake. Te amo, te amo...

Al cabo de un rato, tiempo después de que se extinguieran los rescoldos de la pasión, Jake la llevó al dormitorio. Aline no sabía lo que iba a pasar, pero estaba tan relajada y tan feliz que no le importó.

–Oh, he dejado mi bolsa de viaje en...

–Olvídalo. La recogeremos más tarde. Debes de estar cansada, duerme un rato...

Aline escuchó su voz y se quedó dormida.

El sueño se evaporó dulcemente. Cuando abrió los ojos, giró la cabeza y besó a Jake en un hombro. Después, lamió delicadamente su salada y morena piel hasta que él también despertó.

La luz del sol entraba por las ventanas e iluminaba el dormitorio, que parecía un pequeño jardín junto a la playa, con el suelo del mismo color que la arena.

—Esto es lo que había planeado para nuestra primera mañana. Despertarme a tu lado, abrazándote. Pero cuando me miraste horrorizada y dijiste que habías perdido la memoria, pensé que te habías arrepentido. Estaba furioso contigo, pero admiré tu inteligencia porque conseguiste mantenerme alejado.

—Eso habría sido un poco extremo incluso para mí.

—Más tarde, cuando asumí que estabas diciendo la verdad, me pregunté si hacer el amor conmigo no te habría provocado la amnesia. A fin de cuentas, si perdías la memoria no recordarías tu lealtad hacia Connor. Estaba celoso.

Aline pensó que Hope tenía razón.

—Y creíste al periodista que dijo que yo mantenía una relación con Peter...

—No lo sé. Solo sabía que debía mantener las distancias contigo, pero no podía hacerlo cuando me tocabas. Entonces supe que sentía por ti mucho más que una simple atracción física. Y cuando descubriste que te estaba investigando, fui muy duro para mí. Tenía intención de alejarte de todo aquello mientras yo descubría la verdad.

–¿Y ahora?

–Ahora, planearemos nuestra boda. Te amo. Si no hubieras venido a verme, yo habría ido a ti. Estaba dispuesto a cortejarte.

–Me habría gustado mucho –rio Aline.

–Esto es mucho más divertido. Eres todo lo que siempre he deseado, Aline.

Aline supo por su tono de voz y por sus ojos que estaba diciendo la verdad.

–Yo también te amo, Jake –afirmó, mientras lo besaba–. Lo supe antes de recobrar la memoria. Supe que te amaba desde el principio, desde que nos conocimos. Creo que los golpes de aquel día en la cabeza me dieron la excusa que necesitaba para tomarme unas vacaciones del pasado y comprender que el futuro, tú, era lo único que importaba.

Jake sonrió y tomó su cara entre las manos.

–Cariño, te quiero. Ocurra lo que ocurra, te prometo que...

Aline lo interrumpió con otro beso.

–No es necesario que hagas promesas. Confío en ti.

Sus miradas se encontraron. Y en aquel instante, sin necesidad de cruzar una sola palabra, se comprometieron el uno con el otro en una vida llena de amor y confianza.

Pero antes de iniciar esa vida, Aline susurró:

–Te amo tanto...

–Y yo te amo a ti. Ahora, mañana, el año que viene, siempre. Nunca te abandonaré. Nunca te traicionaré como hicieron tu padre y Michael. Créeme.

Y Aline le creyó

Acepte 2 de nuestras mejores novelas de amor GRATIS

¡Y reciba un regalo sorpresa!

Oferta especial de tiempo limitado

Rellene el cupón y envíelo a

Harlequin Reader Service®
3010 Walden Ave.
P.O. Box 1867
Buffalo, N.Y. 14240-1867

¡Si! Por favor, envíenme 2 novelas de amor de Harlequin (1 Bianca® y 1 Deseo®) gratis, más el regalo sorpresa. Luego remítanme 4 novelas nuevas todos los meses, las cuales recibiré mucho antes de que aparezcan en librerías, y factúrenme al bajo precio de $2,99 cada una, más $0,25 por envío e impuesto de ventas, si corresponde*. Este es el precio total, y es un ahorro de más del 10% sobre el precio de portada. !Una oferta excelente! Entiendo que el hecho de aceptar estos libros y el regalo no me obliga en forma alguna a la compra de libros adicionales. Y también que puedo devolver cualquier envío y cancelar en cualquier momento. Aún si decido no comprar ningún otro libro de Harlequin, los 2 libros gratis y el regalo sorpresa son míos para siempre.

416 BPA CESL

Nombre y apellido	(Por favor, letra de molde)

Dirección	Apartamento No.

Ciudad	Estado	Zona postal

Esta oferta se limita a un pedido por hogar y no está disponible para los subscriptores actuales de Deseo® y Bianca®.
*Los términos y precios quedan sujetos a cambios sin aviso previo.
Impuestos de ventas aplican en N.Y.

Bianca®...
la seducción y
fascinación del romance

No te pierdas las emociones que te
brindan los títulos de Harlequin® Bianca®.

¡Pídelos ya! Y recibe un descuento especial por la
orden de dos o más títulos.

HB#33547	UNA PAREJA DE TRES	$3.50 ☐
HB#33549	LA NOVIA DEL SÁBADO	$3.50 ☐
HB#33550	MENSAJE DE AMOR	$3.50 ☐
HB#33553	MÁS QUE AMANTE	$3.50 ☐
HB#33555	EN EL DÍA DE LOS ENAMORADOS	$3.50 ☐

(cantidades disponibles limitadas en algunos títulos)

CANTIDAD TOTAL	$ _____
DESCUENTO: 10% PARA 2 Ó MÁS TÍTULOS	$ _____
GASTOS DE CORREOS Y MANIPULACIÓN	$ _____
(1$ por 1 libro, 50 centavos por cada libro adicional)	
IMPUESTOS*	$ _____
TOTAL A PAGAR	$ _____

(Cheque o money order—rogamos no enviar dinero en efectivo)

Para hacer el pedido, rellene y envíe este impreso con su nombre, dirección
y zip code junto con un cheque o money order por el importe total arriba
mencionado, a nombre de Harlequin Bianca, 3010 Walden Avenue, P.O. Box
9077, Buffalo, NY 14269-9047.

Nombre: _____

Dirección: _____ Ciudad: _____

Estado: _____ Zip Code: _____

Nº de cuenta (si fuera necesario):_____

*Los residentes en Nueva York deben añadir los impuestos locales.

Harlequin Bianca®

CBBIA3

Kristen acababa de descubrir que iba a tener que trabajar codo con codo con Cal McCormick, su ex marido. Algunos años antes, una tragedia había arruinado su matrimonio...

Al volver a verlo Kirsten se dio cuenta de que lo que había sentido por aquel hombre estaba todavía vivo. Y parecía empeñado en hacer que se enamorara de él otra vez, pero ella necesitaba algo más que la seducción para volver a caer en los brazos del único hombre al que había amado en toda su vida.

Frágiles esperanzas

Kathryn Ross

PÍDELO EN TU PUNTO DE VENTA

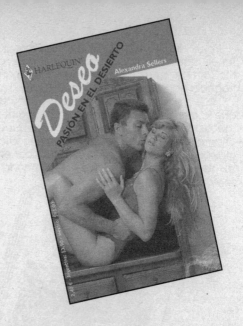

Mientras disfrutaba de la expresión de su rostro, Jafar al Hamzeh montó a su ex amante a caballo y se la llevó al desierto. En otro tiempo había creído que Lisbet Raine se convertiría en la madre de sus hijos... Pero eso había sido antes de que ella lo abandonara sin darle explicación alguna, y antes de que su trabajo lo obligara a transformarse de guerrero en gandul con el fin de atrapar a un traidor. Como venganza, lo único que estaba dispuesto a ofrecerle esa vez a Lisbet era pasión incontrolada. Pero cuando el enemigo puso a Lisbet en el punto de mira, Jafar se dio cuenta de que un amor como el suyo no podía haber muerto; y él estaba dispuesto a arriesgarlo todo para salvarla...

PÍDELO EN TU PUNTO DE VENTA